目次

女の生態

よそおう

摩訶不思議

女のはしくれ

拝借
黒髪
美醜
声変り
夜中の薔薇

潰れた鶴
唯我独尊
襞
おの字
浮気

108 115 121 124 130

144 149 155 160 102

装幀――クラフト・エヴィング商會［吉田浩美・吉田篤弘］

女を描くエッセイ傑作選

伯爵のお気に入り

女の生態

桃太郎の責任

うちの電話機は、格好が撫《な》で肩のせいか、ベルを鳴らす前に肩で息をする。女らしくて気に入っていたのだが、此《こ》の節《せつ》は電話のかかる度数が急に増えたせいか、そうそう気取ってもいられぬらしく、嚙《か》みつくように鳴ったりする。

ベルの音が荒っぽいと、受話器をとるこちらの手つきも邪険《じゃけん》なものになる。

「向田です！」

「あたし……」

女の声である。

女として気働きがないせいであろう、私には「俺だ」といって電話をかけてくる男友達はいない。

ところが、「あたし」といって電話してくる女友達は五、六人いる。

「どちらのあたしですか」

と言いたいが、声で見当はつくわけだから、そういう意地悪は我慢して、もっと年をとってからの楽しみにとっておくことにしている。

「どしたの」

「どしたもこしたもないわよ。世の中、間違ってるわよ。さっきから腹立って腹立って」

「だからどしたのよ」

「うちじゃあ、朝、主人だけがご飯なわけよ。あたしも子供たちもみんなパンだってのに、主人だけは、俺、メシじゃないと腹に力が入ンない。会議なんかのときに、自信持って発言が出来ない、とか、いろいろ言うわけよ。

こっちだって、女の一生がかかってるわけだから、パンじゃ出世出来ない風に言われると弱いわけよね。まあ、この前のボーナスで電子レンジも買ったことだし、あ、あのねえ、ご飯一回一回炊くなんて馬鹿よ、あんた。あれはね、いっぺんにお釜《かま》いっぱい炊いて、あとは一回分ずつクレラップに包んで冷凍しとくのよ。クレラップ一枚じゃ駄目よ、二枚にしなきゃ。一枚だと、ご飯が風邪ひくっていうのかなあ、真白にカチビって、あといくらあったためても、モドんなくなっちゃうのよ」

「モシモシ、あたし、いま仕事中だから」

あとでゆっくり、と言いかけるが、どういうわけかこちらの声は聞えない片道電話になってしまうらしい。

「とにかくさ、そうやって、ずっと一人だけ朝はご飯だったわけだけど、あれ、狙いはおみおつけだったのよね」

「おみおつけ？」

「主人たらね、『おい、おみおつけは欠かすなよ、実《み》は若布《わかめ》がいい』。若布入れてりゃご機嫌だったのね。こっちも楽でいいから、三百六十五日若布だったんだけど、フフフ……やンなっちゃう」

電話の向うで、向うだけ一人合点で思い出し笑いをされるくらい馬鹿馬鹿しいことはない。長くなりそうなので、足をのばして週刊誌を引き寄せ、ページをめくったりして備える。

「主人たらね、若いくせしてテッペン薄いのよね。それでさ、若布だったのよ。あ、そういえば、イギリスの、この間、結婚式した何とか殿下、あの方も、若布のクチよね」

「え？　ああ、プリンス・オブ・ウェールズ」

「なんとか寺院の上の方から撮《うつ》したとき、チラッとうつっちゃったんだけど、てっぺんの方はかなり薄いみたい。あれはお父さん似なのねえ。やっぱりさ、自分とこの主人がそうだと、どうしてもそっちへ目がいっちゃうのよね。でもさ、あの父子、王様としちゃ男前のほうじゃない?」

「若布のはなしなの?」

「そんなんじゃないのよ。うち、お米はずっと近所のお米屋でとってたわけだけど、この頃、米屋のおやじさんも年とったのね。折り目は正しいんだけど、耳遠いのかなあ、三キロ頼んだのに五キロ、十キロの袋かついでくるの。年寄りに持って帰れも言えないじゃない」

近所のスーパーで買うようになったが、つい昨日、米を買って帰り、といだところ、黒い穀象虫《こくぞうむし》が一匹、スーと浮いてきた。スーパーに電話したら、お宅の置場所が悪かったんでしょう、と取りあってくれなかったというところに落着くまで、私は女性週刊誌を一冊、斜め読みだが目を通すことが出来た。

女のはなしには省略がない。

女だけではなく、男にも「要するに」「要するに」を連発しながら、少しも要していないかたもおいでになるが、やはり、数でいえば女のほうに、それも私たち昭和ひとけたの世代にダラダラ型が多い。

私は尋常小学国語読本のせいに思えてならない。なかでも「桃太郎」の責任は重大である。

「昔々、あるところにおじいさんとおばあさんがいました。おじいさんは山へ柴刈りにおばあさんは川へ洗濯にゆきました」

おばあさんが川で洗濯をしていると、大きな桃がドンブラコドンブラコと流れてくる。私たちは、これを暗記させられたのだが、そのせいであろう、子供たちの書く綴《つづ》り方はみな桃太郎式であった。

「遠足」という題で綴り方を書かされる。

「朝、目がさめました。お母さんがお弁当をつくっていました。私は洋服を着て靴をはきました。おばあちゃんが靴のひもを結んでくれました。お父さんは寝ていました。お母さんと学校へ行ったら、早過ぎて誰も来ていませんでした。私は少し泣きました」


小学校五年か六年の頃だったと思う。

祖母に連れられてお縁日にいった。人だかりがしていたのでのぞいたら、ステテコに腹巻き、ねじり鉢巻《はちまき》のオニイさんが、こよりを手に口上《こうじょう》を言っていた。

「入れました。出しました。子が出来ました。死にました」

このあたりで祖母が物凄《ものすご》い力で私の手を引っぱったので、これから先は見ることが出来なかった。

いまにして思えば、私の聞いたなかでこれ以上省略の利《き》いたセリフはなかった。

私の母は七十二である。格別の親孝行は出来ないが、年寄りだからと手加減せずつき合うことだけは実行している。そのほうが年寄りくさくならなくていいと思うからだ。

電話がかかってきたとき、仕事中や来客だと、私ははっきりという。

「いま忙しいから、略して言ってくれない」

「あ、そうお。じゃあ略して言いますけどねぇ」

「略して言うとき、いちいち断らなくてもいいのよ」

「本当だねえ、それじゃ略して言うことにならないものねぇ」

「そうよ。で、どしたの」

「略して言うとね——あとで電話する」

電話はガシャンと切れてしまうのである。

女地図

はじめての店へゆくために電話で場所をたしかめることがある。

大体においてスナックやバーは、電話の応対も手短かで、場所の教え方も要領がいい。反対に手間がかかるのは和風の、それも料亭である。

座談会などの会場に指定された店に電話をかけ、中年以上の女性が電話口にお出になると、私は万事休す、という気持になる。

「青山からタクシーで参りますけど、簡単な道順を教えていただけませんか」

「タクシーねえ。大きいとこのタクシーだと知ってる運転手さんもかなりいるけどねえ」

「でも、念のため——豊川稲荷のあたりですか」

「そうそう。豊川稲荷、左へ曲って」

「左ですか。右だと思ってたけど」

「え？　あら、右？　あたし、逆の方から通ってるもんだから、間違えちまったわ」

ハハハハと楽しそうにお笑いになる。

「右曲るでしょ。そいでねえ」

「角はなんですか。虎屋ですか」

「そうじゃなくてええと。なんてったらいいかなあ」

「区役所ですか」

「でもないわねえ。教えにくいとこなのよ」

ええとね、と言いかけた相手は急に、え？　とスッ頓狂《とんきょう》な声を出す。

「下から？　そうお、下からねえ。あ、そうか」

誰かに、別な道を習っているらしい。

「あのねえ、下からきた方が判りやすいって」

「下からって言いますと」

「だからね、坂の下」

「なんて坂ですか」

「ちょっとオ、あの坂名前あったっけ？」

「その坂はどういくんですか」

「だから、ぐるっと廻って」

「どこ廻るんですか」

申しわけありませんが、どなたか車の運転をする男のかたに替っていただけませんかとお願いすると、急にご機嫌の悪い声になり、

「男のほうがいいんだってさ」

私は男好きにされてしまうのである。


電話ではなく、じかに地図を書いて教えてもらう場合は大丈夫だろうと思うと、女同士の場合はこれが大間違いである。

まず、私が先に紙に大きな道を書く。

「これが青山通りでしょ。そっちが渋谷で」

言いかけると、

「そうすると、こっちが赤坂見附?」

不服そうな顔になる。

「違うわよ。反対よオ。あたし、渋谷はこっちだな」

「え？　そうすると、あなた、東京タワーはどっちの方向？」

あたしはこっち。二人とも立ち上って緑のオバサンが、たがい違いになったように片手を上げると、これが全く向きが違っている。

それでも自分の言い張った方向にこだわるので、どっちが正しいと言い合っていても仕方がない。私の方が折れ、からだをSの字にくねらせて、地図を見ながら、気持のなかで、自分の信じている地図にひそかに書き改めたりしているのだから、場所ひとつ教わるのも大騒動なのである。

女は地図が苦手である。

書くのも、つまり教えるのも下手だし、習うのもうまくない。人のことは言えない。私なども、他人《ひと》さまに地図を書いていて、一枚の紙では書き切れなくなり、裏に廻ったり、もう一枚もってきて継ぎ足しになったりしてしまう。随分苦心して丁寧に書いたつもりでも、

「もっと大きい通りだと思ってたら、細い路地じゃないの」

「地図でみると、随分遠いみたいだからどんどん歩いていったら行き過ぎてしまったよ」

と苦情をいわれたりする。

遠近、大小の観念に欠けるところがあるらしい。地図を書くのに一番必要な客観性がないのであろう。

近所の目標になる建物、と聞いても、すぐに答えられないのは女である。

「あることはあるんだけど、何てビルだっけ」

となってしまうのである。

「自分ちのほうからなら教えられるんだけどなあ」

と言われたこともある。

「白い大きい建物」

といわれて、そのつもりで探したら、つい二、三日前にうす緑色に塗りかえられていたこともあった。

「ずうっと歩くと」

「いい加減ゆくと」

「成金趣味の凄《すご》く感じの悪い家があるからそこ曲って、その辺で誰かに聞いてくれない」

というのを聞いていると、女は山登りや探検家にけ向いていないな、と思ってしまう。

何とかいう高い山にのぼったりヨットで太平洋を横断したりという女性もないではないが、これは稀有《けう》の存在であろう。


地図というのは、抽象画である。

毎日自分が歩いている通りや商店街を別な目で見る作業である。

どこそこの八百屋はトマトはいいけどレタスは駄目だとか、あそこのスーパーはほかは駄目だけど、トイレット・ペーパー関係は勉強してるわよ、などという日常性を断ち切って、大通りは大きく、小さい店は小さく、正確に、省略とデフォルメを利《き》かしてまとめあげる作業である。

地図には感情がこめられない。

そこの角にはすぐ吠える嫌な犬がいるとか、そこの角の店であたしは水っぽい西瓜《すいか》を買わされたのよ、などという恨みは出してはいけないのである。

そうなると、女は急に威勢が悪くなり、とりとめがなくなってしまう。

だから、女に地図は聞かないでくださいと言いかけて、私は少し間違っていることに気がついた。

私が言う地図音痴は、戦前の教育を受けた女たちである。

此《こ》の頃の若い女性たちは、必ずしもそうではない。手紙の文面などはお上手とは言いかねるが、地図はうまい人が多い。

いろいろな色の鉛筆を使い、イラスト入りで、絵のようなしゃれた字で、かなり正確に、そして面白い地図の描ける女性が増えてきた。

いいことだなと思いながら、私は少し不安でもある。

女が地図を書けないということは、女は戦争が出来ないということである。敵陣の所在も判らず、自分がいまどこにいるかもおぼつかないのだから、ミサイルどころか、守るも攻めるも、出来はしない。

そのへんが平和のもとだと思っていたのだが、地図の描ける女が増えてくると安心していられないのである。

買物

いつものように財布のなかに決った金額だけ入れてうちを出る。三千円のこともあるし五千円のこともある。買物にゆくときは、こうしないと危いのだ。

うちのまわりには、こぢんまりした骨董屋《こっとうや》がならんでいる。

「ちょっと面白いぐい呑みだな」

「あの麦藁手《むぎわらで》の茶碗でお茶漬を食べたらおいしそうだな」

フラフラと店内へ入ったりすると、一巻の終りである。

鉛筆一本の細々とした稼ぎだから、ご大層なものを買うわけではない。毎日の食事やお菜《かず》に使えて、万一こわしても、

「あ、いけない」

ほんの半日、くよくよすれば済む程度のものである。客が取り落しても、その人を恨まぬほどの、安直なものに限っている。

私は、週に一度、掃除を手伝ってくれる人には、うちにあるものはどれも百円だと思って下さい、と言ってある。高価だと思うと洗う手が構えてこわばり、取り落したりする。安いと思えば手も格別の緊張はしないから、この十五年にほとんど粗相《そそう》というものがない。

とはいうものの、お手伝いの人がくる日に、すこしはマシな年代ものの茶碗や皿小鉢が流しもとに出ていることがあると、私は仕事の手を止めて、素早く洗って仕舞い込んだりしている。こういう気のつき方も我ながら浅ましく、お金のこともあるが、うちの中にこれ以上、気の張るものを増やさないようにしようと思っている。余分なお金を持ち歩かないのが一番いい。

それでも、此《こ》の頃《ごろ》は二回ほど失敗をした。

スーパーで品物を籠のなかにほうり込む。

大雑把《おおざっぱ》な目の子勘定で、帰りに一輪差しに差す花を買う分だけをとっておく。いつもこうやってうまくいっていたのだが、レジで御用になってしまった。

お金が足りないのである。

「すみません。レモンを戻しますから」

並んでいる人たちが、気の毒そうに私をご覧になっている。夕方の忙しいときに何をもたもたしているのだろう、と思う方もおいでになるだろう。きまりの悪さと申しわけなさに逆上して、汗が吹き出てくる。

「それでもまだ足りないんですけど」

「え？　あ、そうですか、じゃあ」

それでなくても計算が出来ないのが、逆上しているものだから、もう全然判らない。

「さつま揚となまりを戻します」

なまりは猫の餌《えさ》だが仕方がない。

「そんなに戻さなくても大丈夫ですよ。どっちかで」

「じゃあ、なまりは頂きます」

レジのお嬢さんに頭を下げ、行列の奥さま方に最敬礼をして、下うつむいてスーパーを出てくる。花屋の前は勿論《もちろん》素通りである。

こういうことが二回つづいて気がついた。

私のぼんやりは勿論だが、物価が上っているのだ。レモンはこのくらい、さつま揚はこのくらいと、老眼で値段がはっきりしないときは、見当で籠にほうり込んでいたのだが、値上りの分だけ私の計算は合わなくなっていたのだ。

ますますもってインフレだなあ。経済にうとい人間にも身に沁《し》みて判ってきた。


少し奮発して、夏のセーターのいいのを一枚買った。

これでこの夏は決してセーター売場を歩かない。

何故《なぜ》かというと、買ったあとで、もっと気に入った色あいのものをみつけたりすると、面白くないからである。あっちのほうにすればよかったと、気持のどこかで自分のセーターに小さく八つ当りして、脱ぎ着の手つきが根性悪くなったりする。それが嫌なのだ。

同じものが特売で、安い値段で出ていようものなら、半日ぐらいは肝がやけて不機嫌になってしまう。

どう考えても精神衛生によろしくない。

中年女が三人ばかり集って、こんな話をしていたら、なかの一人がだしぬけにこう言った。

「だからあたし、クラス会にはゆきたくないんだ」

クラス会には、昔机をならべた男の子もくる。好きだといってくれた子もまじっている。

その頃は大したこともないと思っていたガキ大将が、ひとかどの肩書をつけた名刺を出す。

「あれ、あっちにすりゃよかったかな。一瞬こう思ったりするじゃないの」

そういう気持は、うちで留守番をしているご主人にも伝わるとみえて、帰ると、いやに機嫌をとったり、逆に不機嫌だったりする。それが嫌なのよ。ことばに出して言うと嘘になるほどちっぽけな気持だけど、とその人は笑いながら言った。

もう一人が、判るわ、とうなずいた。独り者の私に、この体験はないので、一緒にうなずくことは出来なかったが、判るような気がした。

女の買物好きはもしかしたら、そういうことの腹イセかも知れない。

「夫」という大きな買物はしてしまったのだ、でも、それっきりではつまらないから、たわしを買ったり、どの洗剤にしようかと迷って、一度籠に入れたのをまた棚にもどしたりして、憂さを晴らしているのであろう。

カバー・ガール

うちの本棚の本は、みな裸でならんでいる。

本を買うとまず腰巻を脱がす。腰巻というのは、本の下半身に巻きついている細長い帯である。次に外箱を捨てカバーを捨てる。中には捨てるにしのびないようないい装幀のもあるが、心を鬼にして紙屑籠にほうりこむ。ほうりこんだものの心が残り、拾い上げて取って置くのもあるが、大抵は目をつぶって捨てることにしている。中にはさまっている、本の整理番号などを書いた栞《しおり》も抜き取って、もうこれ以上はがすものはないという状態にしてからページを開く。

心を静めて二、三行読みはじめると、部屋の隅から、「ジョワジョワジョワジョワ」と音がする。何事ならんと目を凝らすと、つい今しがたひんむいて叩き捨てたビニール・カバーが恨みをこめて紙屑籠の中で起ち上っていたりして、深夜、肝を冷やすこともあるが、とにかく、カバーがついていると落着かないのである。ページをめくる時に音がする。気が散って身が入らない。これでは著者に申しわけないような気がして——というのは口実で、つまり私はカバーというものが嫌いな人種なのであろう。

たばこを口にくわえマッチを擦《す》ろうとすると、

「あ、ちょっと待って」

といいながら、内ポケットに手を入れる男性がいる。ご自慢のライターを取り出すのだが、このダンヒルだかカルチエのいかにも高価そうなライターは決してむき出しでは入っていない。美しいネルの袋に入り、さらに皮のケースに納まっている。彼がダブル・カバーから取り出す間、私はたばこをくわえて待っているので、口許のところが濡れてしまう。こういう人は、新しい車を買っても座席をおおったビニール・カバーをむしり取らない人である。黒く汚れてゴワゴワになってもそのままにして走っている。

会社へくるとまず靴を脱いでデスクの下の靴の箱に仕舞ってサンダルにはき替え、腕には黒い袖口カバーをはめる。椅子には愛妻の手製らしい座布団が——大抵、子供達の服の余り布を寄せ集めたものに白い木綿のカバーと相場が決っている。机の抽斗《ひきだし》は整然と片づいている。時にはお弁当を持ってくる。「夕方ところにより俄《にわ》か雨」という予報が出ると、一人だけ傘を抱えて出勤するのもこういう人である。

電話代を借りても必ず返す。お説教が長い。鉛筆は2Bなどは使わずHBか2Hを使う。字も小さい。使い込みもしない代り重役にもならない——といったら言い過ぎかしら。

此《こ》の頃《ごろ》は見かけなくなったが、ビニール製品が出たての頃は、傘や中折れ帽にまでカバーというのがあった。多分、こういうかたのために作られたものであろう。

二十代にお見合いをしたことがある。

知人の家でそれとなく、という段取りであったが、あいにく暴風雨とぶつかってしまった。一足遅れて玄関へ入ると、相手はつい今しがた着いたところである。体の大きな青年だったが、まだ正式に紹介されないので私に会釈《えしやく》をしながら、傘を逆さにして傘立てに入れている。傘は水気が集るので根もとのところから傷むのである。物持ちのいい人だなと感心しながら足許を見たら、靴には黒いビニールの靴カバーがかかっていた。

上らないで帰ろうかなと思った。私はかなりお調子者で、何回も転校転居をしているせいか順応性も強い方だと思うのだが、この手の男だけは苦手である。こういう人とは一緒になっても離縁されるか私が飛び出すかどっちかであろう。

テレビ・ドラマの打ち合せの時、小道具さんにいつもひとつだけお願いをする。電話機にカバーをかけないで下さい、特に花模様だったりすると、犬の洋服みたいで駄目なんですと我がままを言うのだが、我ながら女らしくないな、と思ってしまう。

カバーをかける男は性に合わないけれど、暮しの中のこまやかなものに覆《おお》いをかけ、大事にして暮す女は、同性として大好きである。この次生れたら、そういう生き方もいいなと思う。古い友人のフミ子もそのクチである。

三十何年前のスローガンに「撃ちてしやまん」というのがあったが、フミ子の場合は「覆いてしやまん」であろう。とにかくあらゆるものにカバーをかけないと落着かないのである。

テーブルにはテーブル掛け。その上にテーブル・センターである。テレビにも三面鏡にもカバーがかかっている。籐《とう》で出来た屑籠にもビニールのカバーがかかっているのである。それだけではない。中にもビニールの袋が入っており、その中にもう一枚、本か何か送ってきたハトロン紙の袋がスポッと納まっている。ゴミはその袋ごと捨てる仕掛けらしい。ピアノは勿論《もちろん》、黒いピアノ・カバーで覆われているのだが、その上のフランス人形もビニールの大風呂敷にくるまっている。下から包むようにして覆い、人形の頭の上で絞るようにして、リボンで結んである。ビニール越しのせいか人形の顔は神秘的に見えた。このビニールは、誰が来ても取らないのであろうか。天皇陛下が見えたら取るのかな、と思ったが、郊外の団地に陛下がおいでになることはまずないから、多分永久にそのままであろう。あとさきになったが、椅子も勿論白い糊《のり》の利《き》いたカバーで覆われている。

何回目かに訪ねた時、

「ねえ、この椅子、下は何色なの」

とたずねたら、フミ子は一瞬、絶句して目を宙に泳がせた。自分のうちの家具だが、咄嗟《とっさ》には色も模様も思い出せないようであった。

フミ子に男の子が生れた。

お祝いにおしめカバーを贈ろうと思いながら、つい仕事にかまけて日が経ってしまった。

「もう這《は》い這いをするのよ。あぶなくて、おちおち編物も出来やしない。仕方がないからベビー・サークルを買ったの」

と電話でボヤいている。フミ子は閑《ひま》があると、靴下の上にはくカバーや、椅子の頭があたるところへのせるカバーを編んでいるのである。どう頑張ってもカバーの作れない、ひと抱えもある熊の縫いぐるみを持って、遅まきながらお祝いに出かけていった。団地のドアをあけて、私はアッと声を上げてしまった。

たしかにベビー・サークルがある。ただし、その中にいるのはフミ子である。肝心の赤ん坊は、ベビー・サークルの外で、ビニールのよだれかけをしながら這い這いをしている。

フミ子は、自分のまわりにカバーをしているのであった。

次の場面

カッとなった主人公が、花瓶やカットグラスを床に叩きつける。

外国映画でよく見かける眺めだが、私はこういう場面を見ると、心配でたまらなくなる。

このあと、どうするのだろう。

使用人がいればいいが、私のようなひとり暮しだと、叩きつけてこわすのも自分なら、あとで床に這《は》いずって片づけるのも自分なのである。ガラスの破片はあぶないので、新聞紙を水につけ、ふやけたのを千切って床に撒《ま》き、丁寧に取りのぞかなくてはいけない。それでも、あとになって、椅子のうしろの取り残した破片で湯上りの裸足の足の裏をチクリとやってしまい、赤チン、絆創膏《ばんそうこう》と大騒ぎをしたあげく、二、三日はお風呂に入るときも片足を上げて

——という、格好の悪いことになるのではないか。

こういう心配をするのは、私に苦い経験があるからである。

ミキサーが出廻りはじめた初期の頃、にんじん、セロリ、りんごなどを切り込んでスイッチを入れたところ、下の電動部分に上のガラス器が完全に差し込まれてなかったらしく、物《もの》凄《すご》い勢いで廻転をはじめたそれが、突然ぐらりと浮き上ってかしぎ、アッという間もあらばこそ、中身を噴出しながら廻り出した。

茶の間にいたのは母と私だったが、私はとっさに「危い!」と母に声をかけ、スイッチに飛びついて電源を切った。

だが、時すでに遅し。母も私も、顔中ににんじん、セロリ、りんごを粉砕したものが叩きつけられたようにベッチャリとくっついていた。落着いて見廻すと、顔だけではなかった。ミキサーの高さに、障子、茶簞笥《ちゃだんす》のあたりまで、部屋の四隅に、にんじん色の帯がついてしまった。とりわけおかしかったのは、置時計である。ちょうど文字盤のところに、にんじんベチャリが叩きつけられたようにくっつき、この掃除の手間のかかったことといったらなかった。時計までは気が廻らず、あとまわしになったので、その間に、にんじんジュースは乾いてしまい、文字盤のガラスのまわりにこびりつき、爪楊子でせせり出すということになってしまった。

その日の夕方、私は気の張るところへ出掛けるので、顔を洗い、少しは顔でもかまおうかと鏡を見て驚いてしまった。まつ毛の根もとに、朝のにんじんのかすがくっついて固まっている。余程強い力で叩きつけたとみえ、これもなかなか取れなかった。

あの時のおかしさに、何時間もかかった後始末を考えると、私は映画やテレビのかっこいいシーンの、次の場面が心配でたまらなくなるのである。

物をぶつけるシーンに関しては、外国ものの方が断然迫力がある。

ぶつけるものが、大きな花瓶でありシャンペングラスで、ぶつけられる床の方も石造りだから派手な音がする。叩きつける役者の目鼻立ちもハッキリしていて、演技もメリハリがある。

ところが、わが国産時代劇の場合は、叩きつけるものが、三方《さんぽう》だったり黒田節に出てくる大盃だったり、せいぜい、こなからとよばれるお預け徳利である。受けとめるのも大理石の床でなく、畳である。襖《ふすま》である。障子である。いまひとつ迫力に欠けるのもやむを得ない。

因《ちな》みにこなからは、小半、二合半と書いて、文字通り二合五勺《しゃく》入りの徳利のことである。一升の半分（なから）の更に半分ということらしい。

現代もののホームドラマでも、よく叩きつけるシーンはお目にかかるが、ウイスキーを買うとついてくるネーム入りのグラスや、プラスチックの皿小鉢では、クリスタルのシャンペングラスにとても太刀うち出来ない。

私も、四、五年前に「寺内貫太郎一家」というテレビ番組の脚本を書いたが、この中で必ず、一家揃《そろ》って大げんかという場面があった。

茶簞笥が倒れる。ガラスが割れるは毎度のことだったが、

「あのあと、ガラスはどうするのですか。うちなんかガラス屋に頼んでも、なかなか来てもらえないで、三日もそのままだったのに、ドラマの中では、夜中にけんかしても次の朝、ちゃんと入ってますね」

と電話を下さるのは必ず主婦であった。やはり女は後始末が気になるのである。そう思って眺めると、物をぶつける、お膳をひっくりかえす、というシーンを書くのは、男の作家の方が多いような気がする。

それともうひとつ、女は、勿体《もったい》なくて物がこわせないということがあるかも知れない。私自身、今までにぶつけたものといえば、パン、週刊誌、雑巾《ぞうきん》ぐらいである。こういうのを「小物の証明」というのであろう。

古い日活の青春映画など見ていると、感激した若者たちが、立ち上り、手をつないで踊り狂ったりフォークダンスをしたりという場面にぶつかることがある。

映画は、大抵、踊る若者。その中で結ばれるであろう恋人たち。大抵、一番出演料の高い

男女のスター一名ずつ、と決っているが、その美しい大写しで終るのだが、実際問題とすると、あのあとどういうことになるのだろう。

はじめの十分かそこらはいいとして、やがては興奮も冷め、息も切れてくる。手も足もくたびれてくる。涙を流し、抱き合い、踊り狂う自分たちの姿にシラけ、バツが悪くなるときがくるのではないだろうか。

裸足になって汚れた足は、何で拭うのか。

どんな形で、感激ダンスを終結させるのか。

そこのところをこそ見たいのだが、そんな場面は滅多《めった》にお目にかかった記憶がない。

何かの事情で逢えなかった親兄弟がめぐり会う。双方走り寄り、ひしと抱き合って感涙にむせぶ。これもよく見かける、といっても映画や舞台でだが、見かける光景である。

大抵、この上にエンド・マークが出たり暗転になったりするが、私はこのあとが心配になる。

知り合いのはなしだが、ひしと抱き合ったはずみで、鎖骨《さこつ》にひびが入り、息も出来ないほどの痛みにおそわれたという人がいる。

走り寄った二人がぶつかってしまい、男は眼鏡をおっことし、間の悪いことは重なるもので、その眼鏡を女の方が踏んづけてしまったというはなしを聞いたことがある。

そういえば、昔の名画「モロッコ」の有名なラストシーン、ディートリッヒが、ハイヒールを脱ぎ捨て、クーパー扮する外人部隊の兵士を追って砂漠を歩き出すシーンを見て、

「あの先、どうなるの」

と気を揉《も》んでいた友達がいる。

酒場の歌い女《め》が、はだしで砂漠を何キロ歩けるか。理屈といわれればそれまでだが、名画に酔いながら、女は気持のどこかで次の場面の心配をしているのである。

日本の女

女性ばかりの外人団体客と、ホテルの食堂で一緒になったことがある。

アメリカ人だったが、日本で言えば何年も積立てをして、憧《あこが》れの日本旅行といった感じだった。ほとんどが中年、老年の女性で、車椅子の老婦人も二、三人まじっていた。朝から満《まん》艦飾《かんしょく》に着飾った三十人ほどの集団が強い香料をまき散らし、大食堂の中央に陣取り、はしゃぎながら食事をする光景はなかなかの壮観であった。

私が一番びっくりしたのは、彼女たちが卵料理を注文したときであった。ボーイが注文伝票を持ち、ひとりひとり聞いて歩く。満艦飾のかたがたは、ボーイの目をひたと見つめ、はっきりした語調で、

「ポーチド・エッグ」

「プレーン・オムレツ」

「わたしはボイルド・エッグ。一分半でお願い」

茹《ゆ》で卵の人は時間まではっきり指定する。隣りの人と同じでいいわ、などという人はひとりもいないように見えた。大したもんだなあ、これが外国式というのか、と、当時、まだ海外旅行の経験がなかったことも手伝って、私は感心して眺めていた。だが、それぞれ注文した卵料理が出来て来たとき、私はもっと感心した。

「これは私の注文したものではない」といって、二人の老婦人が、差し出された皿をボーイに突っ返したからである。その一人は車椅子の人であった。

私は同じ年格好の母や、生きていた頃の祖母のことを考えてみた。昔の物固いうちの女たちは滅多《めった》に外食ということをしなかったが、それでも年に何度かは、家族揃《そろ》ってそば屋、鰻《うなぎ》屋ののれんをくぐることがあった。母や祖母は、こういう場合大がい注文をひとつのものにまとめるようにしていた。

「お祖母《ばあ》ちゃん、親子（ドンブリ）ですか。それじゃあたしもそうしましょ」

母は子供たちを見廻して、

「お前たちも親子でいいね」

一応聞いてはくれるが、その声音はそうしなさい、と言っていた。店のひとに忙しい思いをさせてはいけないというものと、子供たちに高いものを注文されまいというものがあったような気がする。

覚えているのは、鰻丼《うなどん》を頼んだのに鰻重が来てしまったときであった。母と祖母は一瞬、実に当惑したような顔をしたが、目くばせしあって、そのままテーブルに並べさせた。

「いいことにしましょうよ、お祖母ちゃん」

母が言うと、祖母も、

「その分、あとでうめりゃ、いいわ」と忍び笑いをして、「騒ぐとみっともないからね」とつけ加えた。

数えるほどだが外国を廻ってみて、西欧の女たちが、料理の注文ひとつにも、実にはっきりと自己主張をするのを、目《ま》のあたりに見て来た。正しいことだし、立派な態度だといつも感心する。見習わなくてはいけないと感心しながら、私はなかなか出来ないでいる。

たかがひとかたけの食事ぐらい、固い茹で卵を食べようが、オムレツを食べようが、おなかに入ってしまえば同じ卵じゃないか、というところがある。注文を間違ってもらったおかげで、私はモロッコで食べたこともない不思議な葱《ねぎ》のようなサラダを食べることも出来た。

ひと様の前で「みっともない」というのは、たしかに見栄《みえ》でもあるが含羞《がんしゅう》でもある。恥じらい、つつしみ、他人への思いやり。いや、それだけではないもっとなにかが、こういう行動のかげにかくれているような気がしてならない。

人前で物を食べることのはずかしさ。うちで食べればもっと安く済むのに、といううしろめたさ。ひいては女に生れたことの決まりの悪さ。ほんの一滴二滴だがこういう小さなものがまじっているような気がする。もっと気張って言えば生きることの畏《おそ》れ、というか。

ウーマン・リブの方たちから見れば、風上にも置けないとお叱りを受けそうだが、私は日本の女のこういうところが嫌いではない。生きる権利や主張は、こういう上に花が咲くといいなあと、私は考えることがある。

寺内貫太郎の母

寺内きん。

明治三十七年新潟に生れる。高等小学校卒業後十七歳で上京。東京谷中の石屋「石貫《いしかん》」に女中として住み込む。三歳年長の跡取り息子二代目寺内貫太郎と恋愛。すったもんだのあげく、結婚、嫁の座にすわる。きびしい姑《しゅうとめ》のしごきに耐えながら、長男貫太郎（現、石貫の主人）を生む。姑を見送り、十五年前には夫にも死別。

しかし、七十歳の現在、心身共に実に壮健。長男貫太郎、嫁の里子、孫の静江、周平、手伝いのミヨ子に囲まれて、週一回（？）大立廻りを楽しみながら、いとも元気に暮している――。

お断りしておくが、これは実在の人物ではない。私が脚本を書いている「寺内貫太郎一家」というテレビドラマの主人公である。毎週一回、一時間だけ茶の間へ登場するこの「寺内きん」なる老女は、演ずる悠木千帆《ゆうきちほ》の絶妙な演技と相まって、不思議な人気をよんでいるらしい。彼女が、沢田研二のポスターの前で「ジュリー！」と身をよじって絶叫する場面を模した人形まで売り出されるという騒ぎに、生みの母は、ただ唖然《あぜん》とするばかりである。

大体、何のなにがしの母として登場するからには、障子の切りばりをして節約を教えるとか、志半ばにしてうちへ帰ってきた息子を、戸を閉めて家へ入れずに追い返すとか、世の鑑《かがみ》になるようなことをしでかすのが常であるけれども、この寺内貫太郎の母は正反対。世間様に賞《ほ》めていただくようなことはなにひとつしていない。それどころか、良識ある家庭なら眉をひそめるような行状が彼女の毎日なのである。

なにせ趣味はいやがらせといたずらなのだ。食事の時に、「そんなに噛《か》んでると、口の中でごはんがウンコになっちまうよ」などと言う。家族一同の辟易《へきえき》する顔を見るのが、きんさん何よりの食欲増進剤であるらしい。わざと小汚い食べかたをして、隣席の孫から「ばあちゃん、きったねえなあ、もう！」と小突かれると、「なんだよ、寺内！」と小突き返す。「ホラホラ、こないだまでおしっこチビってたのが一丁前の口利《き》いて、まあ」と負けていない。デブで短気で、情は厚いのだが、不器用な息子をからかい、嫁をイビリ、孫と対等にケンカし、お手伝いをいじめる。

お洒落《しゃれ》なくせに、わざと汚い「なり」をする。指を切り落した手袋と、ブルー・グレイのエプロンとモンペがこの人のトレード・マークだが、これも、一朝事《いっちょうこと》あるときのいたずらとけんかに便利なせいらしい。

なにかというと、「みんなで年寄りをいじめるのよ」と哀れっぽく持ちかけてはブウたれているけれど、その手に乗ると、向うズネをかっぱらわれるのが落ちで、よく食べよく眠り、百まで生きる元気である。助平で欲ばりで、ズルくて、嘘つきで、そのくせ、ひがみっぽくて、いつでも一番愛されていたくて、よく笑いよく泣き、おまけに好奇心は人の三倍持ち合わせている——まあ、そんなところが、寺内きんの履歴書と横顔なのである。

おきん婆さんとならんでこのドラマの主役である寺内貫太郎は、私の父がモデルである。といっても、怒りっぽくよく殴る、という性格の一部を借りただけなのだが、一応そういうことになっている。そのせいか、おきんばあさんも、モデルは作者の身内ではないのか、という質問をよく頂く。

モデルは、私の中にあるさまざまな「おばあさんコンプレックス（複合体）」である。

四分の一は、私の祖母、向田きんである。

石川県能登の出身で、キチンとした家に生れた人だったらしいが、私生児を生んで男と離別。この私生児が私の父である。当時の女としては長身で美しい人であったと思う。父なし子を生んだことで親戚から村八分の目にあいながら、女手ひとつで、母と息子の面倒を見、もう一人、男の子を生み、別の男と恋愛沙汰まで起したらしい。私が物心ついたときは、すでに老境に入って、普通のおばあさんになっていたが、それでも、「やったことは、仕方ないじゃないか」と、居直っているしたたかさと、愚痴をこぼさない固さを持っていた。扶養はしたが、祖母の素行を許さなかった父は、死ぬまでやさしいことばをかけることはなかったし、祖母も期待はしていなかったろう。幼いころ、同じ部屋に寝起きした私は、夜中に、仏壇に向って経文を唱える祖母の、女にしてはいかつく張った肉のそげた肩を、夢うつつに見た記憶がある。子ども心にも、哀れだな、と思った。しかし、昼間は、やや暗いが動作はキビキビとして、よく働いていた。狭心症で亡くなったが、最後まで一度も痛い苦しいと弱音を吐かなかったそうな。

寺内きんの背骨のあたりには、この向田きんがいる。

四分の一のモデルは、母方の祖母、岡野みよである。

千葉の生れ。裕福な商家に生れ、上州屋という建具師に嫁いで、一時は羽振りもよかったが、夫が好人物だったために、人の借金を背負って左前となり、後半生は、お金と縁のない暮しとなった。美人とは言いかねるご面相の持主であったが、私はこの人ほど「口の悪い女」に逢ったことがない。人の悪口を言う天才なのである。一瞬のうちに相手の弱点を見抜き、しかも相手が一番嫌がるボキャブラリーを駆使してズバリと言ってのける。見ている分には小気味がいいのだが、言われる相手はたまったものではない。

カンが鋭くて料理が上手だった。毒舌を、貧乏暮しをはね返すエネルギーにしながら、気の弱い亭主の尻をひっぱたき、身を粉にして働いて三男二女を育て上げた。一緒に住んでは随分とハタ迷惑なところもあった人だが、この人の不《ふ》撓《とう》不《ふ》屈《くつ》の精神と、オリジナリティに富んだ人間観察力と毒舌は、「寺内きん」の母体になっている。このモデルも十年前に故人になっている。生きていたら、私のドラマにどういう毒舌を浴びせたことか——楽しみが一つ減ったわけである。

さて、残りは、私のみたさまざまな「おばあさん像」である。

十五年ほど前に、ホテルのダイニング・ルームで、アメリカ人の老人ばかりの観光客の集団に出逢ったことがある。このグループはどういうわけか、おばあさんばかりだったが、濃いメークアップ、ジャラジャラとブラ下げたアクセサリー、派手な身なりは、日本の枯れたおばあさんを見馴《みな》れた目には、おどろきであった。

しかも、この西洋おばあさんたちのオーダーのやかましいこと。肉の焼き方、ドレッシングの配合。あたし、お砂糖はダメなのよ——エトセトラ、エトセトラ。青い目玉でヒタと給仕を見つめ、相手が納得するまでしつこく繰り返すのである。「面倒くさいから、みんな親子ドンブリにしましょうよ」なんて、日本のおばあさんみたいなことは一人としておっしゃらないのである。ノウ、という単語の多さと、どんな小さいことでも絶対にあきらめないエネルギーに半ばうんざり、半ば感心しながら食事をしたが、こんどの「寺内きん」を書くときにこのときの西洋おばあさんの影がチラと横切ったのは事実である。

それと対照的なのが、皇居清掃隊のオバサンがたの一団であった。同じようなネズミ色の衣裳に割烹着《かっぽうぎ》。同じ美容院でかけたのではないかと思われるチリチリのパーマの髪に、白粉《おしろい》気《け》のない陽にやけた顔。

私が見たのは、道ばたに腰をおろして休んでいるときだったが、静かな軍隊のように無表情であった。

もう一つは、カリブ海の島、バルバドス島の教会で見た、五十人ほどの黒人の老女のミサ光景である。この町ではハイソサエティに属する人たちらしく、身なりもよく、申し合わせたように茶系統の帽子と花をつけていた。

暗い静かな威厳のある目で私たちを一瞥《いちべつ》したが、その表情にはあきらめと孤独があったように思う。暑い島だが、その一劃《いっかく》はヒヤリと冷たく、黒い老婦人の集団は半分死んでいるように思われた。

皇居清掃隊とバルバドスの教会の老婦人たちは、たまたま場所が場所だったのかも知れない。わが寺内きんさんだって、白い割烹着を着て皇居へ草むしりに上れば、そしてくたびれて道ばたにペタンとお尻を落せば、あんな目つきになるかも知れないけれど、私はやっぱり、ホテルのダイニングで、給仕に嚙みついていたアメリカおばあさんの陽性と、たくましい自己主張が羨《うらやま》しかった。

モンタージュ写真というのがあるが、日本の七十歳のおばあさんのモンタージュ写真を作るとどんなことになるだろう。

身長一メートル五十。体重五十キロ。白髪、腰がややまがっている。

口は達者だが、耳は都合の悪いことは聞えない。愚痴とテレビが大好き。「寺内貫太郎一家」を見て、ああ、あたしも一ぺんあんなふうにやってみたいもんだねえ、などと言う。文句は言うのだが、さて、自分の意見となるとハッキリ言わない。言ったって出来やしないんだから——と投げている。そのくせ、ひがみっぽい。これから何かを覚えようとか、やらかそう、なんて気は持っていない。もうあたしの人生は終ったようなもんだから——とあきらめている——まあ、こんなところだろう。

仕方がないといえば仕方がないと思う。体もきかず、金もなく、息子夫婦の世話になったり、老人ホームで暮す立場で、何が出来るかといわれれば、私も一言《いちごん》もないのだが、気持の持ち方は、もう少し——という気がする。

私が、寺内きんを、日本の最大公約数のおばあさん像より、オクターブ上げて描いたのも、そこに自分の老後の、理想の姿を託したからである。

寺内きんは、あきらめない。あらゆるものに、敵愾心《てきがいしん》と思えるほどのファイトをもってぶつかってゆく。彼女の敵は自分の中の「老い」である。「老い」が口惜しくて腹が立って、若い十七のミヨちゃんに八つ当りしたり、嫁をいじめたりして発散させる。愚痴もこぼすし、得だと踏めば哀れみも乞うけれど、退くより攻めるほうが好きなのだ。

寺内きんにとって、人生は、家庭は、「戦い」なのである。家族は時に戦友であり、時に敵である。

「昨日の敵は今日の友
語る言葉も打ちとけて」

嫁と、「我は讃えつ彼《か》の防備、彼は讃えつ我が武勇」——と、嫁姑の戦いを展開し、和解したりする。こういう嫁姑の戦いに関しては、日本のおばあさんたちも、死ぬまで参戦するわけだが、そのほかの戦いとなると、たいがいもう駄目よ、とばかり降参してしまう。

「あたしはトシだから」「面倒くさいことはカンベンして頂戴よ」と人生に対して白旗を上げてしまったが最後、残りの人生は、捕虜《ほりよ》と同じである。

国際赤十字法ではないが、人間として、一応の衣食住は保証され、大事にはされようが、それは一人前の戦闘員としてではない。何もしなくてよい、楽でよい代り、何も出来ないのである。

日本人は、枯淡《こたん》の好きな民族である。清貧もお気に入りの言葉である。だから老女といえば、ほどよく肉の落ちた、品のいい小柄な体に切下げ髪。行ないすまして、小食で、身綺麗《みぎれい》で、倅《せがれ》や嫁の言うことをハイハイと聞き、信心と日向《ひなた》ぼっこで余生をすごすのが、上等とされていた。

ところが、昨今、日本人も食生活がよくなったせいか、老婦人も体格がよく、気も若い。昔は老人の娯楽といえば温泉にお寺参りしかなかったけれど、今はお稽古《けいこ》ごとから世界一周まで、やってやれないことは何もないのである。

年をとったからといって、どうして、人生を「おりる」必要があるだろう。寺内きんさんではないが、最後まで人生の捕虜にならず、戦い抜くことのほうが素敵なのではないだろうか。

人は、それを老醜《ろうしゅう》というかも知れない。でも、行ないすました寂しい美しさよりも、バタバタと最後まで抵抗する見苦しさのほうに人間らしさを感じてしまう。

私が寺内一家を気にいっているもう一つの理由は、家族全員が、おばあちゃんを「みそっかす」扱いしないということである。

特に倅の貫太郎は、人一倍情の濃い親孝行なくせに、極めてジャケンに親を突っぱなしていることである。「年寄りなんてものは楽をさせるとポックリいっちまうんだ」と、あまり大切にしない。ときにはぶっとばすこともする。ただし、要所要所を「しめて」いるから、親のほうもひがまない。

盛大にやったりやられたりしながら、目を白黒させて一瞬の油断もなく、毎日を送っているのである。七十になっても、現役なのである。生活全般にわたって、手加減されない大変さと、生き甲斐《がい》を、この寺内きんは味わっている――そこが、私の好きなところである。

私は、四十四歳、クラスメートに逢うと、白髪染めのハナシが出る。まだ何ともないが、私も、そろそろ老眼鏡をあつらえにゆく年になった。まだまだ遠いと考えていた「老後」の字が、ひとごとではない感じで、目に飛びこんできたりする。スキーだ、ゴルフだ、テレビの脚本だと、騒いでいるうちに、未婚のまま年をとり、今からオヨメに行ったところで、寺内貫太郎の母、きんになるのはちょっと無理のようだ。となると、女一人の老後は、ますますむつかしい。

まあ、今からあわてても仕方がないから、せめて目標だけは見定めておこう。私の十年先、二十年先は――やはり皇居清掃隊は肌に合わない。切下げ髪で、お花をもってお寺参りも、楽しくない。かといって、急にアメリカおばあさんになれるものではないから——私も寺内きんのちょっと下あたりを狙うことにしよう。

美しくなくてもいい、最後まであきらめず、勇猛果敢に生きてやろう。

「生キテ虜囚《りょしゅう》ノ辱《はずかし》メヲ受ケズ」戦陣訓は、これからの私のスローガンなのである。

よそおう

勝負服

随分前に読んだ本で正確な題名は忘れてしまったのだが、音楽家の死因を調べたものがあった。

チャイコフスキーはコレラ、ラフマニノフはノイローゼ、ラベルは交通事故の後遺症、といった按配《あんばい》に、古今東西の音楽家達が何で亡くなったか調べた本なのだが、その人の死因と音楽は妙に関わりがあるように思えてなかなか面白い一冊だった。

そのひそみにならって、私は時々脚本を書く仕事がつかえたりすると、あの時、あの人はどんなものを着ていたのだろうと考えることがある。

例えば、紫式部は何を着てあの『源氏物語』を書いたのだろうか。源氏物語絵巻などの連想で、十二単《ひとえ》を涼やかに着て御簾《みす》のかげの文机《ふづくえ》に寄ってさらさらと、など考えたいところだが、冷暖房などない平安期である。いかに紫式部でも、とても辛抱《しんぼう》は出来なかったに違いない。

物の本によれば十二単は、当時としても第一級の女性の正装で、今風にいえばローブ・デコルテである。普段は、もっと簡単な、——例えば夏の盛りなどは、お腰ひとつで、檜扇《ひおうぎ》の古くなったのでバタバタやりながら、

「世の中いと煩はしく、はしたなき事のみ増《まさ》れば、せめて知らず顔に有経《ありへ》ても、これより勝《まさ》る事もやと思《おぼ》しなりぬ」（須磨）

などと書いたのではないのかと思ってしまう。

冬の夜さり、あまりの寒さに、人知れず綿入れのチャンチャンコなど羽織ったかも知れない。

トルストイの『戦争と平和』はルパシカかしら。志賀直哉先生の『暗夜行路』は結城の上《じょう》物《もの》だったような気がするし、ヘミングウェイはサファリ・スーツかしら、それとも、或《あるい》は上半身裸でご自慢の筋肉美を誇っておいでになったかしら。

『嵐ヶ丘』のエミリー・ブロンテがもしGパンを知っていたら、あの作品はもっと気楽なものになっていたのではないかと考えたりする。

古今東西の大文豪のすぐあとに、三文ライターの我が身をならべるのは誠におこがましい

のだが、私は仕事をする時は勝負服を着用する。

勝負服。

競馬の騎手がレースの時に着る服である。赤と黄色のダンダラ縞であったり、銭湯のタイルも顔負けの大きなチェッカー・クラブだったり、兎《と》に角《かく》遠目でも誰と判る極彩色の賑々《にぎにぎ》しい服である。競馬の持っているお祭り気分と、一瞬で勝負の決まるギャンブル性、はっきり言うと叱られるかも知れないが、馬が人をのせて走り、人がそれに大金を賭けて大騒ぎする茶目っ気とウサン臭さ、バカバカしさ。それでいて人も馬もここ一番の真剣勝負に間違いない。競馬の勝負服には、こういったものがみんな含まれていて、私はとても好きである。

私の勝負服も本当はあれがいいのである。ピカピカ光るナイロン地の極彩色の服なら、とてもそのまま、おもてへは出られないから、仕事の能率は上るだろう。だが、一人暮しの悲しさで、ドアをあけた御用聞きが肝をつぶすにちがいない。第一、着ている私も気恥しいし、気持が昂揚しすぎてしまって、やっぱり駄目だろう。

そんなこんなで、私の勝負服は地味である。無地のセーターか、プリントなら単純な焦々《いらいら》しないもの、何よりの条件は着心地のよさと肩のらくりである。冬ならセーターだが、軽くて肩や袖口の負担にならないもの。大きな衿《えり》は急いでペンを動かすとき、揺れるので嫌。袖口のボタンも駄目。体につかず離れずでなくてはならない。普段はだらだら遊んでいる癖に〆切りが迫ると一時間四百字詰め原稿用紙十枚でかき飛ばす悪癖があるのでどうしてもこういうことになってしまうのである。乏しい才にムチをくれ、〆切りのゴールめざして直線コースを突っ走っているのである。

視聴率というウサン臭いもので計られるバカバカしさ。一瞬のうちに消えてしまう潔《いさぎよ》さとはかなさ。テレビは競馬と似ていなくもないのである。

多少の自嘲の意味もこめて、私は勝負服にはもとでをかける。よそゆきよりもお金をかけて品質のいいものを選ぶのである。そんな勝負服がドレッサーの抽斗《ひきだし》に三ばいほどになった。

ヤキニクフクというものもある。これは文字通り焼肉を食べにゆく時の服である。焼肉もガスでお上品に焼くよりも、炭火を使って店内は煙でもうもう。テーブルにも椅子にもカルビの脂がしみ込んでいる、といった店がおいしい。ところがそういう店は、あまり清潔とは申しかねるところが多いので、汚れが目立たず、ラー油がポトリと落ちても青ざめたりしない程度で、しかし帰りにホテルのロビーで軽く一ぱいということになっても、気おくれしない服を選んでヤキニクフクと決めているのである。

いまのところ、ギ・ラロッシュの、黒地にさまざまな色で、まるでクレーの絵のようなプリントを描いた布地でつくったものを愛用している。二、三年にわたってヤキニクフク専門に着たせいか、この服に鼻をもってゆくと、心なしか焼肉の匂いがする。

面会服も二、三枚持っている。うちには猫が三匹いる。一匹はシャム猫だが、コラット種の夫婦がいて、此《こ》の頃《ごろ》はそう珍しくもなくなったが、ひと頃はよく女優さん達が見せて下さい、とお見えになった。

「まあ可愛い」と抱いて下さるのはいいのだが、我が家の猫は飼主に似たのか、愛想が悪く気まぐれで、面白がって高価な衣装に爪をたてたりするのである。

猫語で叱りながら、気をもむのも心臓によくないので、私はゆったりとしたナイロン地のガウンを二、三枚用意しておいて、お好きなのを選んで羽織っていただいている。ハッキリいえば、私が着飽きたお古である。

この面会服が古くなると病気服になる。生きものを飼って一番せつないのは、病気とそのあとの別れである。この服なら膝の上で粗相《そそう》をしてもいいんだよ、叱らないよと言ってきかせ、一晩中抱いて看取り、或は最後の別れをしてやる時の服になるのである。あまり寂しい色や柄は嫌いで、今の病気服はグレイの猫に映りのいいオレンジと黄色のプリントなのである。

革の服

革を着るときは気負いが要る。

覚悟のようなものが要る。

自分に号令をかけて励ますところがある。胸の奥の気おくれや、小さな罪の意識をわざとそそり立てるような〝はしゃぎ〟が要る。大袈裟《おおげさ》に言えば加虐的な快楽といったような意地の悪さもある。

着ているうちに、そういったものがいつの間にか体の温みと馴染《なじ》んで融けてゆく不思議な面白さがある。

けものの皮を着るのはうしろめたい。

かなり長いこと、そう思っていた。〝殺生〟の二字が瞼《まぶた》の裏に見えたりかくれたりするようで、手を出すことなく過ぎていた。

考えてみればおかしなはなしで、皮の靴をはき、ステーキはミディアム・レアで、などという口の下から、ミンクのコートは残酷よ、もないものである。絹だって蚕《かいこ》が我が身を殺して作り上げた繭《まゆ》から作るものだし、ウールは羊を丸裸にして寒い思いをさせているのである。

小さな溝をひとつ飛び越すつもりで着てみたら、申しわけないことだが、着心地がいいのである。丈夫で暖かい。なにより皺《しわ》の寄らないのが嬉しい。これも考えてみれば当り前のことで、坐っただけで皺の出来る狼やミンクはいない。苛酷な生存競争を生き抜くためにそなわった条件を、そっくりそのまま人間様が横取りしたのだから、便利なのは当然であろう。

もともと私はタブーの多い人間なのだが、革にはもうひとつコンプレックスがあった。昔でいえばグレース・ケリー。今でいうならフェイ・ダナウェイのような長身痩《や》せぎす。鼻筋の通った唇の薄いひとしか似合わないと決めていた。

私のような団子鼻のコロコロが着ては物笑いである。死んだ狐やミンクも浮かばれまいと遠慮をしていたふしがある。

ところが三十を過ぎ四十も半ばを越したあたりから、少し考えが変ってきた。着たいものを着ようという気持になった。よそおう楽しみは、他人様《ひとさま》にどう映るかも大切だが、自分だけのひそかな喜びもかなり大きいものがある。

意味のない潔癖《けっぺき》から人や物の好みにこだわり、あれは嫌、あの人も嫌いと自らせばめて生きてきたことが、少し勿体《もったい》なくなったのであろう。

春が行ってしまい夏も終って、人生の秋から冬にさしかかっているせいかも知れない。今まで知らなかった革の肌ざわりの中から〝挑戦〟や〝若さ〟や〝冒険〟や——そんな単語が生れてくる。

ミンク

「毛皮のコートを持っていますか」

こういうアンケートがある。

「持っていません」

と答えると、必ず、

「どうしてですか」

とたずねられる。

高価だから。

着てゆく場所がないから。

自分に似合わないから。

飼っている猫に済まないような気がするので……。

そのときの気持で、適当に答えることにしているのだが、こういうとき、脳ミソの片隅を、一枚の写真がスーと横切るような気がする。

その写真というのは、大分前の、たしか新聞の片隅に載っていた記事に添えられたものである。

北海道かどこかのミンクの養殖場で、一匹のメスのミンクが飼育係に馴《な》れてしまった。ミンクというのは野性が強く、気性が荒くて、絶対に人に馴れない動物だという。ところが、どうしたわけか一匹だけ突然変異というか、変りダネがいたのである。

普通ミンクは、十カ月だか一年だか忘れたが、毛皮として一番美しいある一定の大きさになると、例外なくこの世におさらばさせられて、ストールやコートに化けさせられてしまう。ところが、飼育係に馴れてしまった一匹だけは殺すのに忍びなかったのであろう、ペットとして飼われることになってしまった。

写真には、バケツに入れた餌を運ぶ飼育係のうしろから、ついて歩いている一匹のミンクがうつっていた。彼女は、こうして奇跡的に命を長らえているのである。

十五年ほど前のことだが、私はラジオの朝の帯ドラマで、「お早ようペペ」というのを書いていた。

町内の猫や犬だけを主人公にしたもので、人間さまを、犬や猫の視線で、つまり当時流行《はや》ったミニ・スカートを地上三十センチほどの高さから描いた（猫の場合は塀《へい》や屋根に上るから、上からということもあったが）ちょっと変ったドラマであった。

二年だか三年つづいたが、そのなかでクリスマス週間につくった「七面鳥のはなし」というのがあった。

街にジングルベルの鳴るなかで、鳥屋の店先で飼われている七面鳥に、町内の犬や猫がチエをつける。「あんた、助かるためには、人間に馴れなきゃダメだよ」

七面鳥は必死になってゴマをするのだが、それも及ばずいよいよローストになりそうになる。一同協力して七面鳥を逃がしてやる、というような、スジで書くと他愛《たわい》ないようだが、録音をとっているのを聞いていたら役者さんたちが妙に真剣なのである。

猫をやる黒柳徹子さん、中村メイコさん、犬をやる熊倉一雄さんたちの声が、まるで人間のドラマをやるように切実になってくる。七面鳥をやったのは、たしかなべおさみさんだったと思うが、これも哀れでおかしかった。一同、涙声になってしまい、副調室までシーンとしてしまった。ラストはどうなるのか忘れてしまったが、ミンクの写真を見たとき、偶然にも自分の書いたこのドラマを思い出した。

レストランのメニューで、エビフライというところをみると、有頭と無頭にわけられている。

頭のついているのといないのと、二種類あるのだ。勿論《もちろん》有頭のほうが百円ほどお高いのだが、有頭という字を見ると、子供の時分にさわった狐の衿巻《えりまき》を思い出してしまう。

私が幼かった頃、つまり戦前のことだが、狐の衿巻が大流行したことがあった。ちょっと洒落《しゃれ》た和服や洋装の女の首ったまには、狐が巻きついていた。その狐は例外なく有頭であった。

うちはサラリーマンだったから、母は狐の衿巻は持っていなかったが、うちへきた客が玄関にコートと一緒に置いて座敷へ通ったあと、そっとさわってみたことがある。

黄色っぽいやせた狐だった。口をすこしあけ、ガラスの光る目玉は、片方がすこし浮き上り、もうすこしで取れそうになっていた。小さな手足は固くて冷たく、黒い爪がついていた。ナフタリンと白粉《おしろい》と椿油のまじった匂いがした。

首に巻いてみたいと思ったが、そんなことをしているところをみつかると大変な目に会わされるのは判っていたから、さわっただけでおしまいにしたが、妙に平べったい三角形の狐の頭だけは、いまもはっきりと覚えている。

ミンクのコートは、無頭だけれど、本当はコート一着に三十だか五十のミンクの頭がブラ下っているのだ——と書くと、持っていない人間の嫌がらせみたいで気がさすのだが、見ぬこときよしである。人間が生きてゆくというのは所詮《しょせん》はこういうことなのかも知れない。ステーキを食べるために牛一頭をほふることも、目刺し一匹も、その何百倍のたたみイワシ一枚も、同じことなのであろう。言い出したらキリがないのだ。

書きながら、だんだんと威勢が悪くなったのは、私も毛皮を持っていることに気がついたからである。

毛皮のコートは持っていないが、コートの衿になら、くっついている。リンクスである。ベージュの地に斑点のある毛足の長いもので、日本語でいうと大山猫である。はじめは、何の毛皮かよく判らず、気軽にリンクスと呼んでいたのだが、すぐに大山猫と判った。

うちには猫がいる。子供のときから、いつもうちには猫がいて、世間さまは私のことを愛猫家と思って下さっているらしい。猫可愛がりではないが、ほどほどに可愛がって暮している。それが二匹の大山猫の毛皮を首ったまに巻きつけているのである。

うちの猫は毛皮をみると、親愛の情を示す癖がある。ある女優さんのミンクのコートに体をすりつけ、うっとりとしていたが、やがて興奮して爪を立てそうになり、飼主をあわてさせたことがあった。

また引っかかれると大変だと思い、私はうちの猫の前で、リンクスの衿のついたコートを着ないようにしているのだが、本心をいうと、仲間を首に巻いているうしろめたさで気がねをしているのである。

そういえば、今年はあのコートにまだ一度も手を通していない。

黄色い服

デパートの洋服売場を歩いていて、ふとよみがえるものがあった。

四十何年か前に、たしか七歳の幼い私は、ひとりで子供服売場を歩いた記憶がある。ひとりで、と書いたが、別に孤児《みなしご》ではないので、父も母もちゃんといた。デパートの別の売場で、父のラクダの下着かなんか見ていたのだと思う。私は両親に連れられて夏のよそゆきを買いに行ったのだが、うちの親は私を子供服売場へ連れてゆくと、

「お前の好きなのを選びなさい。ただし、今年は一枚しか買ってやらないよ。デパートに迷惑をかけるからあとになって泣いて取り替えることは出来ないのだから、ようく考えて決めなさい」

すこしたったら見にくるから、と言い残して居なくなってしまったのである。

私は子供のくせに、好みにうるさいと言うのか我がままで、嫌いな色の手袋だとはめずにいて、しもやけが出来てしまう、というところがあった。洋服の形にもやかましくて、このリボンはいらないから取ってくれと、駄々《だだ》をこねたことがあった。そんなところから、親にしてみれば懲《こ》らしめてやれというおもんぱかりがあったのかも知れない。

季節は初夏であったと思う。デパートは、当時父の仕事の関係で住んでいた、宇都宮の上野という店である。

デパートの人はさぞびっくりしたろうと思う。小さい子供がひとりで、洋服売場をかけ回り、いろいろな洋服を胸にあてがっているのである。

待ちくたびれた親を、待合室の長椅子で散々待たせてから、ようやく私が決めたのは黄色い服であった。黄色の絹の袖なしで、胸のところにシャーリング（縫い縮め）があり、胸から下には、クリーム色のオーガンディがふわっとかぶさっていた。胸には、黄色と黒のオーガンディでつくった造花がついていた。黒は、袖なしのところにも縁どりとしてあしらってあった。今まで一度も買ってもらったことのない綺麗《きれい》な色の、フワッとした夢のような服を、子供心にいいなあと思ったのであろう。

ところが、父は私の選んだ黄色い服を一目見るなり、

「カフェの女給みたいな服だな」

吐き出すように呟《つぶや》いた。カフェの女給さんというのを見たことはなかったが、祖母や母の会話から、香《かんば》しくない職業の人たちということは見当がついた。

この服は、その夏と次の夏、私のよそゆきとなったわけだが、どうもこの服を着ると、父のきげんが悪いのである。

「また、その服か」

と、いやな顔をする。

ほかの季節にくらべて、よそへ連れていってくれる回数が少ないように思えた。「カフェの女給」といわれたせいか、母の鏡の前に立つと、すこし品が悪いようで気が滅入《めい》った。ほかのにしたいと思ったが、前の年のは体に合わなくなっているし、自分で選んだのだから文句を言うな、と釘《くぎ》を差されているので、これで我慢するよりほかはなかった。

これを皮切りにして、うちの親は洋服を買うときは私に選ばせてくれるようになった。といっても一人で売場に追っ放すということはあれ以来無くて、そばについているだけなのだが。

選ぶ方の私も慎重になった。

ちょっと見にいいと思って選ぶと、あの黄色い服のように失敗をするのである。帽子にも合わなくて、損をするのは自分だということに気がついていたのであろう。

次の年の冬だったか選んだぶどう酒色のオーバーは評判がよかった。

「お前がそれを着てると、お母さん、うれしくなるわ」

と母も言ってくれた。黒いエナメルの靴とも合ったし、黒いビロードの背広を着ている弟と並んで写真を撮ったら、とてもうつりがよかった。

「あのオーバーに合うと思って」

と、ビロードで出来た黒猫の子供用のハンドバッグを下さった父の友人もいた。少し地味目の品のいいものを選ぶと、自分も気分がいいし、まわりもきげんがよくて具合がいい、ということをこのとき覚えた。このぶどう酒色のオーバーは、妹二人にお下りをして、そのあと長くうちの物置きで眠ってから、戦後の衣料のない時期に、妹のハンドバッグと帽子になった。つまり二十七、八年もの間、わが家にいたことになる。

今にして思えば、これもまたひとつの教育だったと思う。

勿論《もちろん》、これは結果論である。大して教育もない明治生れのうちの親に、そう大した教育理念があったとは思えないが、長い歳月を経て考えれば、私はあれで、物の選び方を教わった。

責任をもって、ひとつを選ぶ。

選んだ以上、どんなことがあっても、取りかえを許さない。泣きごとも聞かない。親も大変だったと思う。私が選んだものを、高いから嫌だとは一度も言わなかったが、保険会社の支店次長だった父がそうそう高給を取っていたとも思えないからである。何枚も買わされるよりいいと考えたのか、それとも、この方がこの子のためになると思ったのか。

はじめて黄色い服を選んで、四十年以上もたっているが、この頃になって、これは、洋服だけのことではないなと気がついた。

職業も、つき合う人間も、大きく言えば、そのすべて、人生といってもいいのか、それは私で言えば、黄色い服なのであろう。一シーズンに一枚。取りかえなし。愚痴《ぐち》も言いわけもなし、なのである。

青い水たまり

泳がなくなってもう三年になるのに、泳ぐ夢は時々みる。おかしなことに、夢の中では実力以上に達者に泳いでいるし、水着姿も実物より格段にスマートのようだ。願望というか、うぬぼれは夢の中にまで及ぶものかと我ながらきまりが悪い。

水着には忘れられない思い出がある。

終戦の翌年のことだったと思う。女学校のプールに何年ぶりかで水が満たされることになった。待望のプール開きなのだが、クラスメートの半分は水着を持っていなかった。戦災や物々交換で、無用の衣類を持っているほうが不思議な時代であった。

困り切っていたら、友人が婦人雑誌の附録を貸してくれた。和服を更生した水着の作り方がのっている。私は、母に頼んで、セルの着物を無理してもらった。うすいグレーとベージュの格子縞で、今から思えばなかなか洒落《しゃれ》た柄であった。型紙通りに、斜めにハサミを入れるのを、母は諦めきれない表情でみつめていた。

水着づくりは一日かかった。うす暗い四畳半に姿見をはこびこんで、障子をたてきり、弟妹たちに冷やかされながら、ひとりで何度も仮縫をした。今でこそチェックの水着は流行だが、その頃は無地か、せいぜい縞ものだったから、縫い上ると、薬屋に走って染料を買い、濃紺に染め上げた。七輪に洗面器をのせ、長い菜箸《さいばし》まで紺にそめて、やっと水着は出来上った。

さてプール開きの当日。

寸法の合わないお下りの水着の中で、私の水着はイイ線をいっていた。ところが、プールにとびこんでコースの半分ほど泳いだとき、私はただならぬ事態に気がついた。水着から無数の紺の糸が吹き出して、水に溶けてひろがっている。まるで墨イカであった。あわててプールサイドにたどりついて、這《は》い上ったが、みるみるうちにもも から足首にかけて紺にそまって、足許の白いコンクリートに青い水たまりが出来た。

プールサイドに鈴なりのクラスメートたちは、ひっくりかえって笑っていた。日頃敬愛していた体育のS先生も、水着のつくり方の載っている雑誌を貸してくれた張本人の親友まで、おなかをかかえて笑っている。しかたがないから私も笑ったけれど、本当は泣きたかった。

爆弾でも落ちて、このまままみんなけし飛んでしまえばいい、とさえ思った。

原因は、あわて者の私が染め上りに色止めの酢を落すのを忘れたためだが、二、三日あとまで、足の爪の周りと、おへそに青い染料が残っていた。

それから何年か学生生活がつづいたが、就職して、ボーナスらしいものをもらったとき、私はその足で銀座にかけつけて水着を買った。「ルナ」のウインドーで、前から目をつけていたジャンセンの黒エラスティックの上等で、値段は四千五百円である。貧しいボーナスの全額であった。分に過ぎた買物と判っていたが、どうしても欲しかった。

「絶対に色は落ちないでしょうね」

くどいほど念を押してから包んでもらったことを覚えている。

水着といえばもうひとつ心に残ることがある。小学校三年の夏であったが、伊豆の今井浜の貸別荘で、父の友人のF家と二家族ですごしたことがある。

F家は、お母さんが病気とかでしな子ちゃんという小学校一年生の女の子とお父さんの二人だけであった。しな子ちゃんは、色の浅黒い人みしりをしない子で、「去年も海へ行ったのよ」と、海がはじめての私より、万事お姉さん気どりであった。彼女の水着は、黄色いウールで、黒い木綿のお粗末な私のより、数等上質なものだった。ただ、何度も水をくぐったせいか、固く縮んで、特に胸のあたりは、よれて二本の縄になっていた。去年物議をかもしたトップレスといったほうが早い。しな子ちゃんは、遊びながらも、時々胸のあたりをひっぱっていた。

その夜の晩ごはんのとき、しな子ちゃんはおかずに文句をいってスネた。お父さんに、「そんなにグズるんなら、東京へお帰り」と叱られて、しな子ちゃんは涙をこぼしていたけれど、私はしな子ちゃんがなぜスネるのか、判るような気がしていた。

桃色

物心ついてから、私は桃色の洋服を着たことがない。親も着せなかったし、自分でもこの色を選んだことはない。

子供の時分、うちでは桃色を卑《いや》しむ空気があった。

客の呉れた日本人形が、桃色の腰巻をしているというだけで、父は不機嫌になった。

「これは取り替えたほうがいいな」

手荒いしぐさで、たたみの上にほうり出した。

祖母や母になると、もっと徹底していた。

「嫌な色だねえ」

「カフェの女給さんみたい」

下品。ふしだら。二人の目顔はこう囁《ささや》き合っていた。

「桃色は敵だ」

というところがあった。

桃色を怖れ憎むことで、嫁姑《しゅうとめ》が団結していた。

物堅い月給取りの家である。

一家の稼ぎ手である父が、「桃色」のほうへ傾くことは、家庭の平和にとって由々《ゆゆ》しき一大事なのであろう。

女たちが必要以上に桃色を卑しみ、父のほうも、それに同調する姿勢を見せることで、家長の威厳を保っていた。

おかげで、私は今でも桃色に対してうしろめたい気分になる。長い間、馬鹿にしていて相済みません、というところもある。

戦後、桃色はピンクと名を変えたが、子供の頃にしみついた偏見はまだ抜けないのである。

人形の着物

生れてはじめて縫った着物は、人形の着物である。

人形は、父に買ってもらった大ぶりの日本人形で、横にするとキロンと音を立てて瞼《まぶた》が閉じたし、おなかについている和紙で包んだ笛を押すと、頼りないような厚かましいような声で「アー」と泣いた。

たしか赤と黄色の麻の葉の着物に黒繻子《くろじゅす》の衿《えり》を掛けたものを着ていたが、なんだか女中さんみたいで嫌だったので、祖母に着物の布を頂戴と頼んだ。

祖母は、押入れから小さなつづらを出した。女としては不運で、若い時分から他人のうちを転々とした人で、そのせいかつづらは傷み角はすれて白くなっていた。十文字にからげた紐をほどくと、中から不思議な布があらわれた。布幅は普通なのだが、柄が変っている。はがき半分ほどの大きさの長方形が、紺なら紺のさまざまな濃淡でつながっているのである。ねずみ色や渋い茶もあり、無地のほかにめくら縞のような縞だけのものもあった。祖母の縁つづきが、高崎で紺屋《こうや》をしている。そこからもらってきた染めの見本であった。

祖母は、布を畳にひろげると、好きなものを選ぶように言った。私はかなしくなってしまった。どこをひっくりかえしても、赤い布は出てこない。これではまるでおばあさんの着物ではないか。

おまけに、その布は、少し湿ってかびくさく、鼻をくっつけると、祖母の愛用していた清《せい》心丹《しんたん》とヘプリン丸、刻みたばこの匂いがしみこんでいる。しかし、せっかく出してもらったものを、いらないというわけにもいかない。私は、銀ねずの細い縞のグループを選んだ。祖母は、それを人形の寸法に裁ち、私に袖を縫わせてくれた。布地は何だったのだろう。シャリシャリと音のする厚手の絹で、針通りが悪かった。

あれは、今考えるとなかなかしゃれた着物であった。銀ねずのさまざまな縞のパッチワーク（切りばめ）なのである。父は、私がその人形で遊んでいると露骨に嫌な顔をして、「ちゃんともとの着物を着せなさい」と怖い顔をしたが、私はだんだんとこの銀ねずの着物が好きになった。

はなしはそれから三十年ばかり飛ぶのだが、夏は洋服だけで過してきた私がたった一枚だけ、夏の着物をつくったことがあった。輸入服地の、もちろん洋服用のだが、その店頭で、白地に銀ねずの縞をみつけた。化繊だが、何とも手ざわり風合いがいい。着物にして着てみたい。迷わず買ってミシンで仕立て、洗い朱のつけ帯と合せて着て歩いた。どこの何という布地ですか、と美容院でたずねられたこともある。

その時は気がつかなかった。なんで衝動的にたった一枚だけ夏の着物を作ったのか、それも白地に銀ねずの縞なのか。あとになって気がついた。七つの時に作った人形の着物とそっくりの柄なのである。

伯爵のお気に入り

左の耳たぶに一滴つけてみる。新しい香水を試みるときの私流のやりかたである。わざと黙って坐っている。ソファで昼寝をしていた伯爵がうす目をあけた。ゆっくりと伸びをして立ち上る。彼は気づいたのだ。しかし、安っぽく駈け寄ったりしてはプライドにかかわるから、わざと無関心をよそおって、テーブルの脚に身体《からだ》をこすりつけたりしながら、退屈しのぎにやってきたぞ、といった顔で近寄ってくる。

伯爵は雄《おす》猫である。タイのやんごとなき名門の出で、姓名の儀は、マハシャイ・マミオ。タイ出身の美女のチッキイ夫人のほかに、八王子には愛人も——なんだ猫か、馬鹿馬鹿しい、とおっしゃるなかれ。伯爵は匂いに関してはプロなのである。アジや煮干しの匂いにもはしたなく身を震わすが、女性の香料にもうるさい。いい加減な甘ったるい安香水に、彼は人を小馬鹿にしたような小さなクシャミをもって報いる。

さて、彼は肩に手（正確には前肢《まえあし》）をかけた。銀色の端正なひげが頰《ほほ》をくすぐる。懐中じるこのような色をした濡れた鼻が、耳たぶに二度三度軽くふれている。鼻孔が、フッフッとかすかな音をたてる。ゴッン！　伯爵はいきなり頭突きをくらわせた。極めてきげんがいいのである。新しい香りを気に入ったのである。二、三度頭突きをくれてから、銀色の爪にしんなりと力をこめて飼主を引っかいた。

そうか。合格か。それでは新しい初夏のドレスができ上ったら、「錦」をつけてデイトにゆくからな。マミオ伯爵よ、お前は留守番をしておくれよ。

口紅

うちを出てすこし歩いてから、口紅をつけ忘れたことに気がついた。

急に落ち着かない気分になった。

別に気の張るところへ出掛けるわけではない。突っかけサンダルで、ほんのそこまでの買物である。普段でも居職《いじょく》をいいことにして、白粉気《おしろいけ》は全くなしのほうだし、口紅もつけたりつけなかったりなのだが、つけたつもりでいたらつけてなかったというのが、虚をつかれたようで、居心地が悪いのである。

気のせいか商店のショーウィンドーにうつる私の顔は、二つ三つ、いや五つ六つ老けてみえる。

たしか川端康成の小説だったと思う。女主人公の口紅が唇の上半分しかついていなくて、手伝いの人に注意される場面があった。

まず上唇に口紅をつけ、唇をきつく結ぶようにして、上の山を下唇にうつすやりかたは私もよくする。洗面所でこの通りにやりかけたところで御用聞きが来た。返事をしながら飛び出そうとして、上半分だけしかついていないことに気がつき、あわてたことがあった。

口紅のつけ忘れや洋服のほころびに気がつくと、どうしても態度に出る。心臆《おく》しているせいか楽しくない。いつものように魚屋のおじさんと冗談を言い合ったり、八百屋で値切ったりしないで、まっすぐ帰ってくるのである。

パックの心理学

クレオパトラの昔から、女は美しくなるためには骨身を惜しまなかった。

古代エジプトの貴婦人たちは、孔雀石《くじゃくいし》を砕いて緑の粉末にして、まぶたの上に塗ることを考え出している。強烈な太陽光線と、眼病を防ぐためだといっていたらしいが、これは建前というもので、アイシャドーの効果を知っていたのだ。

シーザーもアントニオも、もしかしたら、ローマの女たちにない、緑のアイシャドーに彩られたクレオパトラの黒い瞳にフラフラになったのかも知れない。

日本の女たちも、マメであった。十二単《ひとえ》とならんで平安朝の女のシンボルマークであるおすべらかし。あの一メートル以上もある黒髪は、美容院もドライヤーもない時代にどうやって洗い乾かしたのであろうかと物の本をめくったら、髪を乾かす専門の、細長いすのこがあったらしい。
二、三人の侍女に手伝わせて髪を洗った何とか式部は、まず風通しのいい縁側にゴロンと横になる。濡れた長い髪の下に細長いすのこをあてがって、侍女が大きな扇であおいだというのである。
こんな騒ぎだから、週に一度シャンプー、セットというわけにはいかない。そのため、年中頭がかゆかったらしく、古今集だか新古今集だか忘れたが、（ついでに上の句も忘れたが）

まづ掻《か》きくれし人ぞ恋しき

まっ先に頭を掻いてくれたあの人が恋しくてしかたがない――寝物語のつれづれに、頭の地肌を掻いてくれた恋人を想う歌をうたっている正直な女性もいるくらいである。

前置きが長くなったが、こういう先輩たちの苦労にくらべたら、せいぜい十五分か二十分でこと足りるパックを、大変だ面倒くさい、などといっては罰があたりそうである。

パックは、胎教に似ているといったひとがいる。

「一番いい顔をして、その表情を崩さないようにしてパック剤を塗って、モーツァルトやオリビア・ニュートン・ジョンを聴く。嫉妬したり腹を立てたり、はしたなく笑ったりすると、パックにしわが出来て、みにくい表情になりそうな気がするので、ステキなことを考えて、じっとしているあの感じ――あれ、おなかに赤ちゃんがいる時にそっくりなのよ。

いま、この瞬間に着実に育っている。どうか神様、いい子をお恵み下さい、と祈るような気持で劇画やロックを遠ざけ、柄にもなく泰西名画の画集や由緒正しいサウンドを聴くようにした、あの時と同じ気持なのよ」

いま、この瞬間に、間違いなく美しくなっている、という実感。

そして謙虚に再生と奇跡を待つ気持は、もはや宗教といっていいかも知れない。

それにしても、パックというのは、何という女性的な行動だろう。

パックというのは、期待することである。

待つことである。

男は一瞬。女は十月十日待つ。たとえ生れてくる子供が、父と母そっくりの、いささか出来のよろしくない子供であろうと、十五分後に、そっとめくったパックの下からあらわれる顔が、使用前と同じ顔であっても、とにかく女は夢見て、待つのである。

パック剤にどんな栄養分が入り、どんな風に皮膚をリフレッシュするか、科学的なことは知らないが、この奇跡を信じて待つ気持は、たとえ日に見えない、ほんの少しにしても、確実に女を美しくしている。

パックは、催眠術と同じだといったひともいる。

「ほら、まぶたが重くなってきた。目をとじて――ぐーんと引きこまれるように、あなたは眠くなってきた……」

という、あの時に似ているというのである。

「あら、どうしたの？　今日はひどく肌がしっとりしてるわね」

「ううん、別に」

「何かいいことあったんじゃないの」

などという明日の会話を心の中で自作自演しながら、自分で自分に催眠術をかける。つまり自己暗示をかけているのである。

この自己暗示というのは、女を美しくする最高の化粧品である。

フランスの心理学者のジュネという人は、

「暗示は、観念の転移である」

といっているし、アメリカのやはり心理学者のマクドーガルという人はもっと皮肉屋で、

「論理的には、適当な目標なしに、一つの考えを確信して受け入れること」

パックする女心を見すかしているような定義をしておいでになる。

千万人といえども我行かん。

一心岩をも通す、のである。

豚もおだてりゃ木に登る——あ、これは少々適切でないかも知れないが、自分で自分をおだて、肌をおだて、その気にさせれば、いつかはカトリーヌ・ドヌーブの白いなめらかな肌も自分のものになるかも知れないのだ。

パックの魔力は、肌だけでなく、顔立ち、目鼻立ちまで美しくなりそうな、大きくいえば、女に生きる夢を与えてくれるところにある。

パックをしている時だけは、女は鏡を見ない。その代りに、心の目を開き、わが心の中のうぬぼれ鏡を見ているのである。

肌をパックしているようだが、あれは精神を、女心をパックしているのだ。

美しくなるために、坐禅を組んでいるのである。

奇跡を信じて、ミサを行っているのだ。

一度もパックをしない女、しようとも思わない女、顔にレモンやきゅうりの切れっぱしをのせる女を、あざ笑ったりする女は、女ではないのだ。

時間がきて、パック剤をはがし、或いは洗い流して鏡を見る。

明らかに肌はしっとりしている。

そう思える。

これが一番大事なのだ。自分の気持をだまし、自分にも判らないように嘘をついて、それを信じて、楽しく生きてゆく。

これがあるからこそ、どんな女も可愛らしく、そして美しく、男と一緒に生きてゆけるのだろう。

摩訶不思議

おばさん

ひとの齢が判るようになったのは此《こ》の頃《ごろ》のことである。二十代は見当がつかなかった。出版社へ入社したのは二十三の時だが、直属の上司になる人に「ぼくは幾つに見えるかい」とたずねられた。

多く言っても少なく言っても失礼にあたると思い、

「三十から五十の間だと思います」

と答えたら、三十六歳であった。

そんなわけだから、当時五十五、六と踏んだおばさんの齢は、もっと若かったのかも知れない。

おばさんは靴磨きである。

私の勤め先のビルの前に店を出していた。店といったところで、街路樹の下に防水の合羽《かっぱ》を敷き座布団を二枚敷いて、足をのせる小さな踏み台を置くだけである。夏になると日除《ひよ》け代りの黒い木綿の蝙蝠傘《こうもりがさ》が立っていることもあった。

「東京シューシャインボーイ」や「ガード下の靴みがき」がヒットソングになった頃である。有楽町や日劇前には靴磨きが並んでいた。あの頃はピカピカに光った靴をはくのが何よりのおしゃれであった。進駐軍の影響もあるかも知れないが、食糧難の時代が終り、やっと復員の軍隊靴や半長靴《はんちょうか》と縁の切れた嬉しさが、滑稽《こっけい》なほど磨き上げた靴にあらわれていた。

おばさんの商売は繁昌《はんじょう》していた。

会社の連中のはなしだと、突っけんどんだが、仕事が丹念だという。靴のはき方がなっていないと叱言《こごと》をいいながら、まず丁寧に汚れを落す。それから指の腹で薄く靴クリームを擦《す》り込むのがおばさんのやり方であった。

愛想がないだけではない。女の癖に癇癪《かんしゃく》持ちで、時間通りに靴を取りにこないといって、

「あんたの靴の番人じゃないんだ」

と株屋の店員をどなりつけていたこともある。

おばさんの隣りに、もうひとりおばさんが並んで坐るようになった。

新しいおばさんは、同じ年格好だが、古いおばさんに比べると威勢が悪かった。体もひと

廻り小造りで、手拭いで顔をかくすようにして、オドオドと手を動かしていた。おばさんの知り合いらしかった。遠くから見ると、ふたりのおばさんは男と女に見えた。

ふたりのおばさんが、水を汲ませてもらったりご不浄を借りるのは私のつとめ先のあるビルなのだが、ここの管理人のおじさんというのが依怙地《えこじ》な人物であった。

「あんなとこに坐り込まれちゃ思い切って水も撒《ま》けねえ」

私達が出勤する前に、ビルの玄関と前の道路を癇性なほど掃除してホースで水を流さないと気の済まないおじさんは、ふたりのおばさんを目の仇《かたき》にしていた。

貸したバケツのつるが取れた取れないで、胸倉を取ってやり合っているのを見たことがある。

上背があり骨太でがっしりした体つきのおばさんを、顎《あご》だけは長くて立派だが、あとはすこぶる貧弱なおじさんが、息を切らせて壁ぎわに押しつけ、

「気に入らねえんなら、よそのビル使ったらいいだろ」

ともみあうのを、新しいおばさんがオロオロしながらとめに入り頭を下げていた。

私は一度だけおばさんの前に坐ったことがある。上司に頼まれて靴を取りにゆき、磨く間、踏み台に腰をおろしていたのである。私が、毎日顔を合せていながら、一度も磨いてもらわ

ない言いわけをいうと、おばさんは、

「女はね」

といって顔を上げた。

「女に靴を磨かせるようになっちゃ、おしまいだよ」

男顔というのであろう、立派な目鼻立ちだが、毛の濃いたちらしく眉と眉がつながってい
た。口のまわりにもうっすら口ひげがあった。一切の手入れをせず、陽に灼《や》け風にさらされ
ると、女の顔はこういう風になるのか。おばさんは居直っているように見えた。

「冷えて大変でしょ」

「女にゃ無理だね」

おばさんは、休んでいる隣りのおばさんの席をちらりと見てこう言ってから、

「それよか、こっちがこたえるよ」

手で、おむすびを握るしぐさをしてみせた。

「これだけは駄目だね」

クリームのしみ込んだおばさんの手は、甲虫の背中のようにテカテカに光っていた。黒と
茶のクリームが爪の間にまでしみ込んで、革細工の手に見えた。なるほど、この手でおむす
びは握れない。おばさんは笑うと金歯が光った。

おばさんの中でただひとつ不似合いなのは髪であった。明らかに美容院でセットした髪が、ナイロンのスカーフで大事そうに被《おお》われていた。それだけがおばさんの心意気に思われた。

そんな風にして、二、三年が過ぎたような気がする。

おばさんは相変らず突っけんどんな口を利《き》きながらブラシを動かし、威勢の悪いおばさんはいつまでたっても仕事に馴《な》れず時々休み、管理人のおじさんはふたりを、特に古いおばさんをいじめていた。

俄《にわ》か雨に降られて、おばさんがビルの下のあるかないかの庇《ひさし》の下で道具を抱えて雨やどりしていても、おじさんは知らん顔であった。見えているのだから、管理人室へ入れてやればいいのにと思うのだが、横を向いて煙草をすっていた。

ある時、私は仕事で浅草へゆき、ついでに観音様にお詣りしようと仲見世を歩いたことがある。初夏の夕方だったと思う。

ウィンドーを見ている男女二人連れのうしろ姿を見て、足がとまった。

おばさんとおじさんであった。

おばさんはおじさんの背広の裾を、お絞りのようにねじって、子供のようにしっかりつかんでいた。黒いレースの木綿の手袋をしている。甲虫の背中のように光るおばさんの手は普通の女の手に見えた。おじさんと顔を見合せて、金歯を見せて笑っている。おじさんは、顎しか見えなかった。小男のおじさんとふた廻りも大きいおばさんが、浅草寺の方へゆっくりと歩いてゆく。私は少し迷ってから、ここでお詣りを済ませることにした。仲見世のまんなかあたりで立ちどまり、本堂に向って頭を下げて帰ってきた。

それから三年ほど、この職場にいたのだが、私の見る限りおばさんとおじさんの態度は前と少しも変らなかった。雨が降ると、おばさんは相変らず道具を抱えてビルの庇で雨やどりをしていたし、おじさんは横を向いて顎《あご》で煙草をすっていた。

お取替え

雑事に追われて、お花見も出来ないうちに葉桜になってしまった。

せめて、春らしい色のパジャマでもと、近所の洋装店にゆき、あれこれ物色しているところへ、中年の主婦が四角い箱を抱えて入ってきた。
三十五、六というところだろうか。買物籠片手のサンダルばきにしてはお化粧が濃いようだが、まあ美人の部類に入るひとである。
「やっぱりこれ、駄目なのよお」

店の主人の前で四角い箱をあけながら、鼻を鳴らすような、甘えた声を出した。

中から出てきたのは、化繊《かせん》のワンピースである。薄いグレイの地にバラの花が散っている。裾の部分のバラは大輪になっており、裾《すそ》模様のようにみえる華やかな服だった。

「うちへ帰って〝あてて〟みたら、派手で着られないのよ。主人も、よせよせっていうし。地味なのと取替えてぇ」

語尾がまた、鼻にかかった。

小鬢《こびん》に白髪の目立つ、二十年前の天皇陛下、といった感じの主人は、

「お取替えは困るんですけどねえ」

不機嫌を顔に出した固い顔で、防禦《ぼうぎょ》するのだが、中年主婦は一向にひるまない。

「だって、着られないんだもの。主人も、嫌だっていうし、手通してないんだから、いいじゃない」

言いながら、ぶら下っているほかのドレスを体にあてがっているので、鏡に向ってしゃべる格好になっている。

「差額の分は、靴下や下着買うからいいじゃない。ね。本当に手、通してないんだから」

困るんだけどねえ。弱ったなあ。どうすっかなあを連発しながら、二十年前の天皇陛下は遂に中年主婦に負けてしまった。

主婦は、同じ品質だが、紺に小花を散らした、ちょっとした外出着になる地味めのものと取替えて出ていった。

「かなわねえなあ」

主人は吐き出すようにこう言った。

「奥さんの前だけどさ」

客は私ひとりだから、奥さんというのは私のことらしい。

「計画的犯行だもんね。たち、悪いよ」

すぐには事情がのみ込めずにいる私の顔を見て、主人は更にこうつけ加えた。

「今日、月曜でしょ」

たしかに、その日は月曜だった。

「買ってったの、土曜の夕方だよ」

私は、まだ判らなかった。

「間に日曜がはさかってるでしょうが」

私ははさまっているというが、この人は、はさかっているというらしい。

「四月はクラス会だ子供のピアノがどうしたっていうんで、出る用が多いんだよ」

やっと判った。

土曜の夕方、少し派手めの正式外出用のドレスを買い、一回だけ着て、月曜には、ちょいちょい着られるものに取替えてゆく、という段取りのことを言っているらしい。

「デパートなら突っ返すけどさ、小売店は弱いから」

「でも、見たわけじゃないでしょ。本当に手、通してないかも知れないじゃないの」

「商売だからね。着たか着ないかぐらいひと目で判るね」

ほら、と言って、主人はドレスの衿《えり》もとを私の鼻先につきつけた。

「ここに匂いがつくんだよ」

ツンときて涙が出てくる化繊特有の匂いのほかに、ほんのすこし化粧品の匂いがまじっているような気がしたが、そういえば、という程度である。

「四月と十二月に多いね、こういうのが」

主人は、吐き出すように言うと、華やかなドレスをハンガーにかけ、売場にもどしかけて、思い直し、レジの横の別になったところにつるした。私が出ていったら、きっと売場にもどすだろうな、とおかしくなった。結局私は何も買わないで店を出た。

向《むこ》う気が強いようにみえて実は気が小さく、東京人特有のいい格好しいなので、私はこの中年主婦のようなみごとなお取替え作戦はやったことがない。

それどころか、買物をしてうちへ帰り、よく考えてみたら少し違っていたという実情を話せば取替えていただけそうな場合でも（勿論《もちろん》、衣類ではない）すこし迷った末に諦めた。

いったん手にとり、自分のものとしたものを取替えるということに罪悪感があるらしい。

どうやらこれは、子供の頃の我が家の教育に原因しているような気がする。

子供の頃、一番豪華なお八つは、動物チョコレートだった。来客からの頂きもので、大きな箱に入っていた。これを頂くと、父は私たち子供の前に箱を出し、長男の弟、次に長女の私という順にひとつずつ取らせた。

一番大きい象をつかんで持ち上げてみると、案外に軽くて中はガラン洞だったりする。象を弟に取られて、ガッカリしながら、小さな兎に手を伸ばすと、これが中まで無垢《むく》のチョコレートということもあった。

今から考えれば、みかけの大小はあったにせよ、どの動物もチョコレートの量は大差なかったのかも知れないが、子供にチョコレートを食べさせるとのぼせて鼻血が出て馬鹿になる、と信じていたうちの親は、一回一個を固く守らせていたから、子供にとっては胸のどきどきする出来ごとであった。

この場合、父は絶対に取替えを許さなかった。

「お前はいま、摑《つか》んだじゃないか。文句言うんなら自分の手に言え」

子供が泣こうがわめこうが、ひとわたり取ると箱の蓋《ふた》をして、それ切りだった。

子供心に、慎重になった。前のときの失敗を繰り返さないようにして丁寧に選んだ。

あまり長く考えていたり、手を箱の上に持っていって迷ったりすると、気の短い父はまたどなった。

「何を愚図愚図《ぐずぐず》している。食べたくないのならよしなさい」

子供心に、物を選ぶのは真剣勝負だと思った。真剣勝負ということばは知らなかったが、うちの姉弟は、四人ならんで、かなり真剣な凄《すご》い目をして、チョコレートの箱をにらんでいたのではないかと、此《こ》の頃《ごろ》になっておかしくなつかしく思い出している。

離婚をした友人がいる。

姓名判断で占って、名前を変えたひともいる。

その人たちが、ときと場所は別々であったが、同じようなことをポンといったことがある。

「取替えてから、やっぱり前のほうがよかった、と思うことがあるのよ」

「いっぺん取替えることを覚えると、また取替えたくなってしかたがないの」

拝借

「悪いけど口紅貸してくれない」

いきなり声を掛けられた。

ホテルの洗面所で、口紅をつけ直していた時だった。声の主は、隣りで化粧直しをしている、やっと廿歳《はたち》という女の子だった。

私は、お金以外のものなら、おっちょこちょいなほど気前のいい人間だと思っているが、この時だけはためらった。姉妹や友達なら兎《と》も角《かく》、見も知らない人間に口紅を貸すのは、正直言って嫌だった。

女の子はせいいっぱいお洒落《しゃれ》をしていた。模造毛皮の半コートの下から華やかな色のドレスがのぞいていた。顔も満艦飾《まんかんしょく》だったが、眼の化粧が濃い分だけ、何も塗っていない白い唇が異様に見えた。

「悪いけど……」

紅を拭き取った紙を手に、女の子はもう一度くり返した。その目は必死だった。恋人が外に待っているんだな、と見当がついた。食事のあと、口紅がバッグの中にあると信じて、紅を拭き取ってしまったのだろう。この顔では、出るも退《ひ》くも出来ないのである。

私は、口紅の先を紙で拭《ぬぐ》い、「どうぞ」と差し出した。彼女は、鏡に顔を近づけ、慎重に紅をつけた。私だったら、まず指先に紅をうつし、それを自分の唇に移すけどなあ、と思ったが、勿論《もちろん》口に出しては言わなかった。

塗り終ると、彼女は大きな溜息をつき、ケースにもどして、

「どうも」

と返してくれた。使ったあと、紙で拭うことはしなかった。受取る私の顔のどこかに硬さを見たのか、彼女はあわててお礼の追加をした。

「ありがとうございました！」

テレビの歌番組で新人歌手が司会者におじぎをする——そんな感じだった。彼女は自分のバッグをつかむと、ドアに体当りするように勢いよく出て行った。

口紅を貸してくれと言われたのは初めてだが、眉墨を貸してと言われたことは、今までにも経験がある。

私が脚本を書いていたテレビ番組の打ち上げパーティが夜の十時頃からあるというので、その番組に出ていた主演女優が、一緒に行きましょうよ、と少し早目に私の家をたずねて来た。お茶をのみ、世間ばなしをして、私は仕事着をよそゆきに着がえ、女優は洗面所で化粧を直しはじめた。女優は、その前に二つほど写真撮影やインタビューがあったとかで、話している途中でも、化粧崩れを気にしていた。

ワンピースを頭からかぶったところで、洗面所から声がかかった。

「恐れ入りますが、眉墨を拝借」

というのである。

あると思って、落してしまったら、持っていなかったという。

困ったことになった。私は、裏方の仕事をしていることでもあるし、もともと横着《おうちゃく》なたちで、化粧道具は白粉《おしろい》と口紅がやっとという人間である。眉は天然で済ませて来たし、目の廻りを黒く彩る道具も持ち合せてないのである。

無いと言うと、女優の声は、急に悲劇的になった。

「どうしよう。このままじゃ出られないわ」

そっとドアを開けると、鏡に美しく化粧した眉のない顔が写っている。時代劇とかけ持ちでもしていたのか、眉は全く見当らず、これでお歯黒をつけたら、平安朝あたりの上臈《じょうろう》の顔である。凄艶《せいえん》であり、ドラマでは見せない迫真のクローズ・アップでもあった。

「鉛筆なんかじゃ駄目ですよ。3Bがあるけど」

この時間では、近所の化粧品店も店を閉めている。アパートの管理人の奥さんにわけを話して――と考えかけたら、女優はいきなりこう言った。

「マッチ、擦《す》って下さい」

私は言われた通り、マッチを擦った。炎がついたら、先の丸い玉のところだけを燃して、口で吹き消す。消えたところで、玉を落すと、燃え残りのマッチの軸は、眉墨の棒になる。

窮すれば通じるのである。

私は、十本ほどのマッチを次々に擦って手渡しながら、安堵《あんど》のため息をついた。

「濃過ぎるわねえ。金太郎になっちゃった」

女優は、髪を明るい栗色に染めていたから、黒い眉は、たしかにそこだけ勇ましく見えた。

「大丈夫大丈夫。無いよかいいわよ」

私は、せいいっぱい励ました。

その夜のパーティで、女優は壇に上り、挨拶をした。内気で声の小さいこの人が、この夜は堂々としていた。金太郎の眉のせいかも知れないと思い、私は会場の隅から大きな拍手を送った。

大きいお金は、借りない、貸さないで暮しているが、細かいお金の貸し借りはよくある。ハンカチ、ちり紙、櫛《くし》なども、ちょっと拝借することがある。顔を貸せ、と凄《すご》まれたこともないし、知恵を貸せ、といわれるほどの人間でもないが、手を貸せ耳を貸せは、時々聞くことがある。

私が聞いたなかで、一番びっくりしたのは、いきなり「靴下を貸せ」といわれたことであろう。

二十年、いやそれ以上前のはなしだが、明大前で乗り換えの電車を待っていた。

当時勤めていた出版社の仕事で筆者の家へ原稿を取りにいった帰りだったと思う。時刻は夕方であった。季節は忘れたが、真夏ではなかった。

突然名を呼ばれ、肩を叩かれた。同年輩の女である。

「何年ぶりかしら。懐しいわねえ」

大感激の様子で名を名乗るのだが、申しわけないことに私は記憶がない。父の仕事の関係で、学校は七回も変っている。短いところでは、一学期もいなかったのだから、今迄《いままで》にもこういうことは何度かあった。せっかくの気分に水をさすのも悪いと思い、私も「懐しいなあ」と調子を合せた。そこで、彼女に言われたのである。

「お願い、靴下貸して」

電車の中で引っかけて、大きな伝線病を作ってしまった。これから気の張るところへ出掛けなくてはならない。済まないが、あなたのと取り替えて欲しいという。成程、膝《ひざ》小僧の下から幅五センチほどが、茶色のスダレのようになって足首まで走っていた。

私は絶句してしまった。気の張るところではないが、私だって日本橋の勤め先まで帰らなくてはならない。だが、彼女は、私の手首を握ると、そばのベンチに押しつけるように坐らせ、靴下を脱ぎはじめた。当時はパンティ・ストッキングなどなかったから、こんな芸当も出来たのである。それでも、スカートをかなり上までたくし上げなくては、出来ない芸当であった。

その格好に、少し崩れたものを感じた。

仕方がない。私もそっと彼女にならって、靴下を脱いだ。

「名刺を頂戴《ちょうだい》。必ず返す」

彼女は手早くはき替えると、ちょっと拝むような手つきをして、階段をかけ上って行った。

私は破れた靴下を駅のくず箱に捨て、素足で帰ってきた。
彼女からは、その後、何の音沙汰《おとさた》もなかった。

黒髪

「時は鐘なり」というと、金の間違いではないかといわれそうだが、私には鐘なのである。

女学生の頃、学校のすぐそばに住んでいた。学校の近くの生徒の方が遅刻するというがその通りで、私はいつも滑り込みであった。雨の日、例によって学校に駆け込み、レインコートを脱いだら、セーラー服は上着だけで、スカートをはいていなかった。

朝礼の鐘が鳴っている。紺と灰色をまぜたねぼけ色のゴワゴワしたレインコートを脱ぐにも脱げずぼんやりと教室に立っていた。朝礼の鐘はますます大きくなっている。このあたりから「時は鐘なり」と思い込んだふしがある。近所に大きなお寺があって、朝夕鐘の音が聞えていた。そのせいかも知れない。

私は性急《せっかち》でチョコマカしている癖に、肝心なことには遅れをとる人間だが、それでも、この頃の東京の交通事情を考えると気の張る待合せにはかなり余裕をみてうちを出る。そういう時に限って早く着いてしまうので、仕方なくその辺をぶらついて時間潰《つぶ》しをすることになる。

その時も、劇場街の地下アーケードを、これ以上はゆっくり歩けないというほどゆっくりと歩いて暇潰しをしていたのだが、大きく開いた婦人用洗面所のドアの向うに面白いものを見た。

女がひとり髪をとかしていた。

髪は長くお尻のあたりまであった。量もたっぷりあり、手入れもいいのであろう、見事な艶《つや》をしている。女は両足を踏んばり、鏡から離れたところに立って、長い髪をおすべらかしのようにひろげ丁寧に梳《くしけず》っている。その人はびっくりするほど背が低かった。足も短く、美しいとはいえない形をしていた。食堂か何かの従業員であろう、うすい紺の上っぱりを着ていた。鏡に写った顔も、さほど美しいとはいえない。若くもないようであった。彼女はサンダルをはいた足をさらにひろげ、大きく首をふって鉄へとかした髪の毛をパッと前へおろした。

踊りの鏡獅子である。

今度は見事に形のいい襟足《えりあし》があらわれた。彼女はまた丁寧に前にたらした髪をすいている。ドアは何故《なぜ》か大きく開いたままである。

それはそのまま、ひとつのショーであった。この人は、髪の毛だけが生き甲斐《がい》なのであろう。一日のほとんどを、恐らくキッチリと縛って、白いスカーフか何かで包み隠していたであろう髪の毛を、仕事を終え洗面所の鏡の前で大きくひろげ誇らしげに梳ることで、他のひけ目を全部帳消しにすることができるのである。

あのドアは壊れてはいなかった。

私の友人にも、髪を大切にする人がいた。私より少し年嵩《としかさ》だったが、靴下に伝線病と呼ばれるほつれがあっても髪の乱れていることはなかった。

彼女の髪はさほど長くはなかったが、いつも美容院に行きたてのようであった。

映画を語っても、天下国家を論じていても、この人がひとり加わるといつの間にか、話は髪のことになり最後は決ってこの人の髪の美しさを称《たた》えさせられることになっていた。

毎朝、若布《わかめ》の味噌汁を食べること、睡眠を十分にとることが美しい髪を保つ秘訣《ひけつ》だと教えてくれた。ただ眠るだけでなく、部屋を暗くして、髪の毛を休ませなくては駄目だと言っていた。

この人と一緒に社員旅行をしたことがある。社員旅行というのは宴会が終っても、すぐにはおやすみなさいにはならず、男女別々の大部屋に布団《ふとん》を敷きならべ飲んだりだべったりして夜中過ぎまで騒いでいる。

だが、彼女ひとりは、十時になると部屋のすみの鏡に向い髪にブラシをかけて、クリップを巻きつける。ネットをかぶり、自分の布団をひっぱって押入れの中に入るのである。

押入れの下段に横になり、裾《すそ》の方を十センチほど開けていた。この人とは何度もスキーや旅行を一緒にしたことがあるが、この習慣は変らなかった。この人も女としてはあまり幸せとはいえなかった。

一点豪華主義というのだろうか。すぐれたひとつだけを、とりわけ大切にして暮している人がいる。

ほかはまったくかまいつけないが、指だけは綺麗《きれい》にマニキュアをしている人がいる。明らかに脚を計算に入れて服を選び、スカートの丈を決め立ち居のポーズを作る人も知っている。胸の形が自慢でいつも同じ形に大きく胸を開けた服を着ている人もいる。この人の襟刳《えりぐり》は毎年五ミリずつ大きくなっている。麻薬や香水と同じで、少しずつ量がふえる中毒症状があるのかも知れない。

声が五十嵐喜芳《きよし》に似ているのが自慢の男もいる。さり気なく「カルメン」の一節などを口ずさむのだが、いつも同じ所を繰り返すところを見るとレパートリーはあまり多くないらしい。この人も、話の中で必ず声のことに触れ、自分を讃め称える幕切れに持っていくよう苦労しているところがあった。

こういう人と話をするのは正直言って気骨《きぼね》が折れる。

民謡で、歌い手の後に囃子方《はやし》がつくのがある。

「ソウダソウダマッタクダアヨ」

と繰り返すが、あれになったような気がする。囃子手のアップをテレビの画面で見たことがあるが割合に冷い顔をして、口先だけで歌っていた。

住いでも同じようなのがある。

ほかはさほどではないが風呂場にだけは贅沢《ぜいたく》しました、ホームバーだけは、御不浄だけはとそこだけ不釣合なほど豪華版な作りがある。案内する方も讃《ほ》め言葉を期待しているのでこちらも気をつかって讃めそやすが少しばかり痛々しい気がしてくる。安普請《やすぶしん》なら安普請なりで統一した方が住む人も客も落着けるような気がするが、これは好みの問題であろう。

「秘すれば花」ではないが、人に誇るただひとつのものがあるとしたら、それはおもてにあらわすより隠しておく方が幸せになるような気がして仕方がない。

男が髪を長く伸ばすようになって、女の丈《たけ》なす黒髪も株が下った。そこへゆくと、男が丁髷《ちょんまげ》を結っていた時代は、女は長い髪でかなり勝負ができたらしい。

女の髪は夜は冷く重くなる。寝苦しい夏の夜も、汗ばんでいるのは地肌に近い生際《はえぎわ》だけで、女のお尻と髪はいつもひんやりと冷いのである。それでなくても昔の夜は暗かったから、指先と匂いと朧《おぼろ》な月の光で恋をした。演出と小道具に心を砕けばたいていの女は美女になれた。

幸せなひとは、たったひとつの欠点を気に病むが、あまり幸せでないひとは、たったひとつの自慢のタネにすがって十分楽しく生きていけるのであろう。

美醜

ベランダに雀がくる。

一羽だけのこともあるし、三羽四羽連れ立ってのこともある。チチ、と鳴きかわし、羽づくろいをしたり突つき合いの大騒ぎをして遊ぶところはなかなか楽しい眺めだが、どうも私には区別がつかないのである。どれが雄《おす》でどれが雌《めす》なのか、どれが美貌《びぼう》でどれが利口《りこう》そうなのか見当もつかない。みな同じ雀に見える。これは私が小鳥を飼ったことのないせいだろう。その証拠に、私は三十年近く猫を飼っているが、猫の区別だけはどうにかつくのである。

チラッと見ただけで、まだ仔《こ》を生んだことのない雌だな、可愛がられて育った甘ったれだな、ジャケンに育てられて、人間を信用していないな、人当りはいいがイザとなったら強そうだぞ、などと判断がつく。美醜《びしゅう》は勿論《もちろん》ピンとくる。ところが、これはあくまで人間から見た規準らしいのである。

うちにビルという猫がいた。

雄の虎猫で、ひいき目かも知れないが、かなりの美男だった。私は彼のお嫁さんに、近所のシロを考えていた。水際だった美貌ではないが愛くるしい顔だちをしている。育ちがいいせいか毛艶《けづや》もよく気立てもやさしい。やっと一人前になった未婚のお嬢さんだったが、わが家の梅の木を上ったり下りたり引っ掻《か》いたりしながら、ビルの気を引いているところもいじらしかった。

ところが、ビルが選んだのは、一軒おいて隣りの年増《としま》猫であった。小肥りの三毛で、何度も仔を生んだおなかは、見苦しくたるんでいる。おまけにびっこで、片目にはいつも目やにをためている気の強い雌だった。つまり、ビルは山口百恵を振って悠木千帆《ゆうきちほ》を選んだのである。

「あんなオバサンのどこがいいんだ」

朝帰りしたビルを私は叱ったが、彼はうす目をあけて私を見ただけで一切弁解せず、生意気にいびきをかいて眠りこけていた。二月後、悠木千帆の飼主が回覧板の上に仔猫を二匹のせて我が家にあらわれた。ビルそっくりの虎猫の仔が細かく体を震わせていた。認知を迫られて、母はおろおろしていたが、これは一体どういうことなのだろうか。

専門家に伺ったところでは、動物の雄が配偶者を選ぶ規準は、まず雌として生活力旺盛《おうせい》なこと、次に繁殖力、そして子育てが上手なことだという。人間からみて、あら可愛いわね、などというのは、彼らの目には入っていないらしい。雌が雄を選ぶ規準は、まず強いこと。おしっこ臭い匂いを発散させ、好色であることだという。

まず生きること。そして種《しゅ》を殖《ふ》やすことが先なのである。人間も昔はこうだったのかも知れない。文化を持ち、文明が進んだおかげで、氏《うじ》を言い素性《すじょう》を問い、学歴、係累《けいるい》を云々《うんぬん》する。鼻は高いほうが上等、目は大きいほど美しい。脚は細く長いほうがいい、という誰が決めたか知らないが美醜の規準が出来上って一喜一憂している。仕方がないことかも知れないが、時にはうんと素朴に、生きてゆくには何が大切か考えてみるのも無駄ではないような気がしている。

声変り

小学生の頃、薙刀《なぎなた》を習った、というと年が知れてしまうのだが、日華事変が烈しくなった頃だったから、体操の時間はもっぱら、白鉢巻をしめて、エイヤアであった。ところが、このエイ！　という声がなかなか出ないのである。

「八双《はっそう》の構え！」

体操の先生がこう号令を掛ける。

私たちは、おたがいの薙刀がぶつからないように、かなり間をあけて立ち、

「エイ！」

声と一緒に、構えるのだが、私はよく叱られた。

「きりぎりすの真似してるんじゃない」

持って生れたキイキイ声は、頑張れば頑張るほど頭のてっぺんのほうへ抜けてゆく。

クラスのなかで、ただひとり先生の気に入る声の持ち主がいた。先生はKというその子に、みなの前でひとりでやってみるように言われた。

「エイ！」

声だけ聞いたら、とても十二、三の女の子とは思えない。お兄さんかお父さんのような、野太い声であった。

先生は大いに満足され、この人を見習うように、とおっしゃった。いつも目立たないその子が、その日はスターに見えた。

私はこの子とうちが同じ方角だったので、帰り道にどうしたらそういう声が出るのかとたずねた。
K、というその子は、なにも言わずに生垣の葉っぱをむしりながら歩いてゆく。私も真似をして葉っぱをむしりながら、あとにつづいた。その日は、何でもその子の真似をしたいという気持になっていたのだろうと思う。
Kは、むしった葉っぱを口に入れた。私も真似をして、口に入れた。おそろしく青臭かった。Kは葉っぱを吐き出し、私も吐き出した。

「うちね、小さいとき、扁桃腺《へんとうせん》の手術したんよ」

四国の高松は、大阪弁に似た言葉で、女の子はうち、という。私も転校してすぐ、こう言えるようになっていた。

「手術、失敗したらしいわ。もとはこんな声やなかったもの。手術のすぐあと、笑《わろ》うたのがいかんかったのかなあ」

小さい声で話すその声も、やはりお兄さんかお父さんの内緒ばなしに聞えた。

その子は、ひとりごとのようにこう呟《つぶや》いた。

「女の子は声変りせんのやろか」

此《こ》の頃《ごろ》は諦めて止《や》めてしまったが、私はひと頃、テレビに郷ひろみという人が出ると、或《あ》る期待をもって眺めて、いや聴いていた。

いまは少年のような声で歌っているが、或日突然、野太い声になるのではないか。だが、デビュウしてかなりになるがいまのところその徴候もなく、毎日が声変り、といった感じで歌っておいでになる。

原則として、男の子は、ある一日を境にして、子供の声から男の声になる。

そこへゆくと女の子は、生れたときから女の声なのであろう。

なかには、声変りをする女もいる。

電話をかけると、女が出る。

機嫌の悪い、さも面倒くさいといった声が、

「もしもし」

といっている。

これも、仕方がないから声を出してやっている、という感じである。掛け違えたのかな、と思いながら、自分の名を名乗り、相手の苗字をたしかめかけると、とたんに相手は、声が変ってしまう。

「まあ、お久しぶり、お元気でらっしゃいます？」

とっさに相手がすり変ったのではないかと思うような変りようである。私もつきあいのいいほうなので、せいいっぱい気取った声になってしまうのだが、天中軒雲月《てんちゅうけんうんげつ》や中村メイコさんを七色の声というなら、こういう人は、何色の声といったらいいのだろうか。

大分前のことだが、テレビ局である歌手の人と一緒になった。

甘くて深い声としっとりした歌い方で人気のあった美しいひとだった。私たちと話す声も、歌がそのまましゃべっているようで、同じ女と生れながら、何という違いかと、悪声の両親を恨みたい気分になった。

やがてその人は先に席を立ち、私も一足おくれてスタジオを出ようとした。出入口のところで声がする。

「何べん言ったら判るんだよ」

低いがドスの利《き》いた女の声である。

大道具のかげで、下を向き叱言《こごと》をいわれるときの姿勢をとっている若い男の姿が見えた。プロダクションの人らしい。

「馬鹿飼っとくゆとりなんかないんだからね、こちとらは」

そっと行き過ぎようとしたら、大道具のかげから、ドレスの裾《すそ》が見えた。さっきの、甘く深い声でしっとりと話した歌手と同じ色であった。


地下鉄の日本橋駅の改札で、すぐ前に感じのいいカップルがいた。夕方の五時頃である。会社の同僚といった感じの二十二、三の男女である。固い会社らしく、服装も地味だし、話し方が実に好もしい。ラッシュで前がつかえていたおかげで、二人のはなしをすこし聞くことが出来た。

女のほうが、定期を取り出そうとしてバッグをあけ、その手が私の体にぶつかった。

「失礼」

これまたいい感じで私に会釈《えしやく》をした。薄化粧で素顔に近い。かなりの美人である。

ホームに下りて、浅草行きが来た。男が乗り、女は手を振って見送った。まだ恋人同士というほどでもないらしいが、それに近い感じがあった。

電車が見えなくなると、女はホームのベンチに腰をおろした。バッグをあけ、口紅をつけた。かなり濃くつけ、目の上に青いものを塗った。馴《な》れたしぐさで、一分もかからなかった。

銀座ゆきの電車が来た。

女がのりこみ、私もあとにつづいた。

電車はひどく混んでいた。

化粧のせいか、そのひとは、さっき、男に手を振ったひととは別人の感じで揺られている。

突然、声がした。

「あんた、なにすんのさ」

さっきのひとである。

すぐうしろにいた、くたびれた中年サラリーマン風が、偶然どこやらに手がさわったのか、いかがわしい行為に出たのか、とにかく男をとがめる声であった。その声は、ついさっき、私に「失礼」といった声とは、全く別のひとのものだった。

声変りは、女もするのである。

夜中の薔薇

「あれはモーツァルトだったかな、シューベルトだったかな」

そのひとは、いきなり小声で歌い出した。

〽童《わらべ》は見たり野中の薔薇
曲はシューベルトのほうであった。小学校や女学校のときに習った歌は、こういう場合、ひとりでに口をついて出てしまう。

〽きように咲けるその色賞《め》でつ
私も小さな声で唱和した。

友人の出版を祝うパーティ会場でのことである。

そのひとは、三十を出たか出ないかという年頃の編集者といった感じの女性で、

「ご無沙汰《ぶさた》してます」
と目で笑いかけ、すぐ歌になってしまったのである。
たしかに一度逢ったことがあるが、咄嗟《とっさ》に名前が思い出せないうしろめたさも手伝って、
〽飽かず眺む
くれない匂う野中の薔薇
小さな二重唱で最後まで歌ってしまった。
まわりの人たちが変な顔をして見ている。その人は、身を縮めて恐縮をあらわしながらこう囁《ささや》いた。
「随分長いこと、夜中の薔薇と歌っていたんです」
ああ、そうだったのですかと言いかけたところで、私は別の見知った顔につかまってしまい、その人には会釈《えしゃく》を返しただけで見失ってしまった。
私は半年ほど前に「眠る盃」という随筆集を出している。「荒城の月」の一節「めぐる盃」を間違えて覚えてしまったという小文の題をそのまま使ったものだが、似たことはどなたにも覚えがあるとみえて、かなりの手紙や電話を頂戴した。
「兎美味《おい》しかの山」(兎追いしかの山)
「品川沖にウス(トドに似た動物がいると思い込んでいた)が住む」(品川沖に薄霞《うすがす》む)

「黒き長瞳」（黒木汝《な》が瞳）

「苦しき力に玉も迷う」（奇《くす》しき力に魂《たま》も迷う）

なかには、幼い日の手毬歌《てまりうた》を、

「一列餡《あん》パン破裂して」

と覚えていたというのもあった。

そういえば私も、何のことか判らぬままに、

「イチレツランパンハレツシテ」

と歌っていた。

「日清談判破裂して」の間違いなのであろうか、気にかかりながらまだ確かめていない。

ところでその夜は、急ぎの仕事があったので、パーティのあともう一軒廻りましょうという誘いを辞退して、ひとりでタクシーに乗った。

「童は見たり夜中の薔薇」

暗い道を走りながら、気持のなかで歌ってみた。

子供が夜中にご不浄に起きる。

往きは寝呆《ねぼ》けていたのと、差し迫った気持もあって目につかなかったが、戻りしなに茶の間を通ると、夜目にぼんやりと薔薇が浮んでいるのに気がつく。

闇のなかでは花は色も深く匂いも濃い。

子供は生れてはじめて花を見たのである。

「野中の薔薇」と歌ったのは、たしかゲーテだが、わたしは夜中の薔薇のほうがいい。そのへんでやっと、一緒に歌った人の名前を思い出した。一年ほど前にインタビューに見え、簡潔な文章で私が脚本を書いたテレビ番組を紹介してくださった地方新聞の記者であった。

友人たちにこのはなしをしたことから、「夜中の薔薇」談義になった。

「薔薇だからいいんだよ」

といった人がいた。

「梅だったら羊羹《ようかん》になっちまう」

その通りである。夜の梅を描いた速水《はやみ》御舟《ぎょしゅう》の息を呑むような名品もあるのに、すぐ目に浮ぶのは、到来物の菓子折に、「おもかげ」と並んで入っている持ち重りのする四角い竹の皮の包みなのである。

もうひとつ、変った意見があった。

夜中に童が見たものは、別の薔薇ではないかというのである。

子供が見てはならぬ妖しいもの、という意味らしい。

残念ながら、私はそんな結構なものは見ていない。
おぼろによみがえるのは、夜中にご不浄に起きた帰り、茶の間で爪を踏んだことぐらいである。

小学校三年か四年のときだった。
まだ足の裏も柔らかだったのか、爪は食い込んだうっすらと血が滲《にじ》んでいた。三日月の形をした爪の切屑は、大きさからいって大人の足の爪と判った。母も祖母も、足の爪は縁側で新聞紙を敷いて剪《き》っていたから、私の踏んだのは父の爪に違いなかった。

この夜のことが頭にあったからかどうか、テレビの脚本を書きはじめた駆け出しの頃、女が畳に落ちていた爪を踏む場面を書いた。セリフで、これは男の爪よ、と言い、男と女の爪は違う、という意味のことを言わせている。

この場面は、長過ぎた、という理由でカットされ、私はディレクターと言い争った覚えがある。ディレクターは、必要ない場面だと言い、私はほかの場面をカットしてもここは生かして欲しかった、と言い張ったが容れられなかった。

ほかのことでは諦めのいいほうだと思うが、この場面だけは妙に残念で、何年かあとに、別のドラマで使って、鬱憤《うっぷん》を晴らしたことがある。もっとも、夜の爪では、絵にも歌にもならないが。

薔薇に限らず、夜中に花びらが散ると音がする。

音というより気配というほうが正しいかも知れない。

花びら一枚の寿命が尽きて落ちる、ちょうどそのときにあたっていたのか、ひとりでに散ることもある。ドアをあけたり身動きをしたりするその動きで、かすかに部屋の空気が動くのが命を早めたのか、二枚三枚続いて落ちることもある。

電話のベルで散ることもある、と思っていたが、これは受話器を取りにあわてて立つ気配のせいであろう。

その電話がかかったのもかなり夜ふけであった。

たしか川崎あたりからだったと思うが、中年の女の声で、身の上相談をしたい、どうしても聞いて欲しいので、これからお宅へ伺いたいと言う。一面識もない人である。

私は世のため人のためになるドラマを書いた覚えはなく、滑った転んだ専門なのだが、何かの間違いで年に何回かはこういうことがある。

他人《ひと》さまの相談ごとに乗れるほどの経験も識見もない人間ですからと辞退をするのだが、一向に聞いて頂けない。電話は二十分、三十分おきにかかり、そのたびに、品川、渋谷と我が家に近づいてくる。距離が近づくにつれて声も話しぶりも切迫してくる。

お気持は判らないこともないが、あなたを知らない人間には何の手助けも出来ない。私も女ひとり、この時間に差し迫った仕事をしているのだから、営業妨害をしないで下さい。以後、電話が鳴っても出ませんので悪《あ》しからず、というようなことを言ってみるが、一病抱えた年寄りが身近にいることもあって、ベルが鳴れば出ないわけにいかない。

遂に夜中の一時半にかかってきた電話は、私も名前を知っている近所の深夜スナックからであった。

「あなたのマンションは調べてある。逢ってくれないなら、部屋の前で首を縊《くく》りますから」

私は腹が立ってきた。

「甘ったれるのもいい加減にして下さい。第一、マンションのドアの前には、縄をかけるような梁《はり》はありません。私はもう寝《やす》みますから、これで失礼します」

電話を切り、ベッドに入ったものの、やはり寝つかれない。警察に電話したほうがいいかと迷い、あの電話の調子では大丈夫と自分を励まし、それでも不安になって、マンションのガードマンに気をつけて下さい、とお願いした。

眠れぬままに、ときどきドアの覗き穴から外をうかがい、まんじりともしないうちに朝刊が来た。

灯りを落した居間にも寝室にも玄関にも、それぞれ花の一輪やそこらはあるのだが、こういうときは夜中の薔薇だろうがフリージアだろうが目に入らないのだから、私も小者である。

戦争が終って一年目だったか二年目だったか。

女学校の女の先生が、私と、仲のよい級友にうちへ泊りにこないかとおっしゃった。親戚のうちに間借りをしているのだが、その晩、家主の家族が一番泊りで留守になる。うちが広くてさびしいから、遊びがてらいらっしゃいという誘いである。

担任ではなかったが、週に何時間か教えていただいている先生だった。三十を過ぎていらしたと思うが独身だった。今のことばでいえばグラマーで、明るい人柄だったから人気があった。

私は母に頼んで、夜と朝とお弁当の三食分の米を袋に入れてもらい、鞄に入れて登校した。鞄に米が入っていることをほかの級友に悟られまいと気を遣った。沢山《たくさん》のなかから二人だけが選ばれたということで、有頂天になっていた。

そこは、焼け残った、かなり広いうちであった。駅前には闇市が立ち、復員軍人のくたびれたカーキ色が溢《あふ》れ、夜になると真暗な街をアメリカ兵のジープだけが走っていた。買出しの女が防空壕へ引きずり込まれて、という事件が新聞を賑わせていた頃である。先生も、女ひとりで心細く私たちに声をかけたのであろう。

その晩、どんなものを食べどんなはなしをしたのか記憶にないが、髪を洗い寝間着に着がえた先生が、学校で見せる姿とは別人のように眩《まぶ》しく見えたこと、自分のうちの戸棚をあけるような物馴《ものな》れた手つきで、茶の間の押入れをあけ、干芋の入った缶をあけて私たちに振舞って下さったとき、いいのかな、叱られないのかな、と心配になったことだけは妙に覚えている。

先生は自分の部屋に寝み、私たちはその家の客間に布団をならべて寝たのだが、夜中に玄関の戸を叩く音で目が覚めた。

男の声がする。鍵をあける音がして、先生の押し殺したような声がつづいた。低い声でなにか言い争っている。男の声は、かなり年輩に聞えた。

玄関の戸がしまり、二人の声と共に廊下がきしみ、あとは何も聞えなかった。

朝、目が覚めたら、先生が台所で鼻歌を歌いながら刻みものをしていらした。ほかには誰もいなかったが、台所の土間に、昨夜はなかったおいもや野菜があった。

朝の食卓で、級友が口を動かしながら「ゆうべ、泥棒が入った夢を見た」と言った。

私は、目の前に焼夷弾《しょういだん》が落ちたときよりもっとびっくりした。多分、目くばせをしたか、箸《はし》を持った手で友達を突ついたかしたのだろう。先生は、さらりとこう言われた。

「夢じゃないのよ。夜中に叔父さんが来たの。食糧を置いて、今朝一番で帰っていったわ」

先生は、前の晩よりもっと眩しく見えた。

本当に叔父さんだったのか、それとも「夜中の薔薇」であったのか、いま考えてもさっぱり判らない。

ついこの間のことだが、出先で遅くなり、夜中に帰ったら、ドアの前に小さな炭俵ほどのものが置いてある。

新聞紙にくるんだ薔薇の花束であった。

番組の打ち上げ祝いでもなく、誕生日でもない。誕生日といったところで、そう滅多《めった》に花など頂く身分ではない。ごくたまに頂いたところで、せいぜい年の数の半分が関の山である。どうしたことかと驚いたが、添えてあるメモで事情が判った。

近所のビルの一隅に出店していた花屋が、その日で店閉まいをしたのである。いつもごひいき頂いたので売れ残りで恐縮ですが、一日二日は楽しめるかも知れませんとあった。

白粉気《おしろいけ》のない顔をスカーフで包み、Gパンにゴムの前掛けをかけ、男の子のようにキビキビ働いていた感じのいい若い女店員の笑い顔は、花を買わない日でも、その道を通る楽しみでもあった。

薔薇は、赤とピンクの二色で、長いもの、短いもの取りまぜて二百本は越えていよう。ただ、まともなものはなく、開ききって散る寸前のもの、水切りがうまくゆかなかったらしく、葉も花も固く乾いて立ち枯れる寸前のものがほとんどであった。

ドアの前に置かれたのは何時か知らないが、もともと傷んでいたのが夜遊びをしていたばっかりに、花は更に弱ってしまったに違いない。

部屋に抱えて入り、売れ残りのわが姿を見る思いでしばらく眺めていた。花も三本五本枯れるのは風情《ふぜい》があるが、一抱え揃《そろ》って、となると無惨である。美しいゴミ、という感じだが、花だと思うとダストシュートにほうりこむのも気がとがめる。

私は浴槽に三十センチほど水を張った。
五、六本ずつ洗面所で水切りをしてから、更に二、三十本まとめて束ね、水に濡らした新聞紙ですっぽり包んだ。
その包みを、水を張った浴槽のなかにそっと立てかけて一晩置くのである。花の水風呂と称してかなり傷んだ花も、うまくゆくと生きかえることがある。

薔薇の棘《とげ》で引っかき傷をつくり、ほろ酔い気分もケシ飛んで、冷たい風呂場でしゃがんでいるうちに面倒くさくなってきた。どう見ても生き返らないと思われるものは、諦めて捨てようとまとめかけて、何年か前乗ったタクシーの運転手のはなしを思い出した。

なんのはなしから、そうなったか忘れたが、その人はノモンハンの生き残りだった。

ひどい負傷をして後方に運ばれた。軍医が看て生きる見込みのある者には青札、見込みのない者には赤札をつけた。その人は、本当は赤札をつけられる筈だったが、軍医がくたびれていたのかつけ間違え、おかげで九死に一生を得たという。

結局、私は一本残らず水風呂に漬けた。漬け終ってから、自分が風呂に入れないことに気がついた。その代り、浴室いっぱい、「くれない匂う夜中の薔薇」であった。

女のはしくれ

潰れた鶴

つい先夜、銀座で人寄せをした。

お開きの時刻に雨が降り出し、気の張る年輩の客が多いこともあって車を頼んだのだが、自分を頭数に入れるのを忘れていた。

用が残っておりますので、と取りつくろい、にこやかに三台の車を送り出して、今から一台頼むのも間が抜けている、粗忽《そこつ》を懲らしめる意味からも地下鉄で帰ろうと、家路を急ぐホステスさんにまじって雨の中を歩き出した。

得意になって人の世話をやき、気がつくと自分一人が取り残されている、というのは今に始まったことではない。

小学校一年の工作で、いや当時は工作とはいわず「手工」といった。手工で鶴を折ることを習った。私はおばあちゃん子だったから、折紙はお茶の子さいさいである。教壇で説明する先生よりも先に折り上げてまわりを見廻すと、出来てない子が沢山《たくさん》いる。手順が判らなくなってベソを掻《か》いている子もいる。私は頼まれもしないのに向う三軒両隣りの席へ出張し鶴を折って廻った。ひとの鶴だから、ふくらます時もお尻を濡らさぬように気を使いながら息を吹き込んだ。ところが「出来た人は鶴を持って並びなさい」と言われて気がついたら、机の上にのせた私の鶴がない。

鶴は床に落ちていた。

自分で踏んだのか人に踏まれたのか、赤い鶴は無惨《むざん》に潰《つぶ》されていた。上履《うわばき》の靴底の波型に黒い汚れがつき、いくらふくらませても、もとへ戻らなかった。

みんなは、私が折ってやった鶴を手にして並んでいる。私は泣きそうになるのをこらえて、新しく鶴を折り始めた。出来ていないのは私一人であった。

たった一学期しか居なかった宇都宮の西原小学校の教室と、袴《はかま》をはいた女の訓導生沼《おいぬま》先生と一緒に、「ああ、どうしよう。もう間に合わない」というあの時の気持は、今でも思い出せるような気がする。どうもこのあたりから、赤い潰れた鶴は、私のシンボル・マークになった。

今はどうか知らないが、昔の女学校の体格検査はちょっとした騒ぎであった。ひと固まりずつ衛生室へ押し込められ、上半身裸になって胸囲を計られたり衝立《ついたて》の向うの校医の診察を受けるのだが、女生徒たちははしゃいだりきまり悪がったりして埒《らち》があかない。こういう場合でも、私はせっかちなところから、パッと脱ぐと裸になっているのは私一人である。

学級委員をしていたので、つい他人の面倒を見てしまう。おさげの尻尾がボタンにからまったのをはずしたり、めがねと下着を一緒に脱いだのを取ったりするのだが、やはりむき出しだときまりが悪い。脱ぎ着は早い方なので、一日脱いだ体操着をまた着てやっていると、そういう時に限って一番こわいお作法の先生が入ってくる。みんな裸で、着ているのは私一人である「何をグズグズしているの。早く脱ぎなさい」と叱られてしまうのである。

終戦直前のことだが、裁縫の教材で防空頭巾を縫ったことがある。

綿入れは、母や祖母のを手伝いつけているので、子供のくせに馴《な》れている。一番先に入れ終り、「綿入れの上手な人はいいお嫁さんになれるわよ」と先生に賞《ほ》められた。賞められて気をよくし、例によって、まわりの二、三人の綿入れを手伝い、さて先生の前でかぶってみたところ、頭のてっぺんがチクリとする。綿の中に針がまぎれ込んだらしいというので、私一人がやり直しになってしまった。また、鶴は足許で潰れていたのだ。

恥と焦りで、顔中に汗を掻き、そこに綿ごみがついて、顔はかゆいわ、皆は笑うわで、こんな思いをする位なら爆弾に当って死んだ方がいいと思ったものだった。

私が綿入れを手伝ったKは卒業と同時にお嫁にゆき、今は実業家の夫人である。空襲や転居が重なり二十五年も音信不通だったが、近年になって連絡が取れた。いいお嫁さんになれるわよ、といわれながら売れ残った私のために、三十五年ぶりに縁談を持ち込んできたのだから、人生というのは判らない。結構すぎるご縁で、釣り合わぬは不縁のもととご辞退をしたのだが、昔話のついでに、電話口で防空頭巾のことを持ち出してみた。

小さな空白があって、突然、Kは弾けるように笑い出した。覚えている、防空頭巾の柄まで覚えているわ、と鼻のつまったような泣き笑いになった。


私は女三人の姉妹の一番上である。

子供の癖にこましゃくれた口を利《き》いたせいか、しっかりしたお嬢さんと呼ばれ、二番目は綺麗《きれい》なお嬢さん、末の妹は可愛いお嬢さんと呼ばれていた。自分からお嬢さんというとご大層な生れ育ちのようだが、ふた親ともそのへんのブラ下りである。妹二人は、まあ当っているとして置くが、私に関していえば、はずれとしか言いようがない。

女は、しっかりしている、などと言われないほうがいい。鶴がうまく折れなかったり、綿入れがうまく出来なかったりしてベソをかき、人に手伝ってもらったりするほうが可愛気があって結局は幸せなのではないか。私は甘えて人に物を頼んだり、ゆったりと髪をとかしてリボンの色を選んだり、少女小説を読んで涙ぐんだり、そうした女の子らしい思いをした記憶はほとんど無い。

しっかりしていると人に賞められ、うぬぼれてその気になり、何でも早く出来ることを自慢にして、人の世話をやき、気がついたら、肝心の自分の鶴が見当らないのである。

「ああ、どうしよう。もう間に合わない」

という声がどこからか聞えてくる。

上履の靴底の波型の通りに黒く汚れて潰れた赤い鶴がいつも気持の隅にチラチラしている。

歳月は女の子を待ってくれない。今からあわてて鶴を折っても、もう間に合わないのである。

唯我独尊

同じ料理でも自分で作って食べるより他人様《ひとさま》にご馳走になるほうがおいしい。

「思いもうけて」、つまり期待して食べるゆえである、と方丈記かなにかにあったような気がするが、うろ覚えだからあまりあてにならない。

キエ子が夕食のお招きに預った。

彼女は中年にして独身。仕事を持って働いている女である。悪い人間ではないのだが、時間の観念に欠けるところがあり、仕事の期限や待合せには必ず遅れる。

自分は遅れる癖に、他人が遅れようものなら、中ッ腹《ちゅうっぱら》になって顔に出す。ただし稀代の食いしん坊なので、ご馳走つきとなると万障繰り合せ誰よりも早く到着する癖があった。

その夜はとりわけ、おいしいので評判の高い料理店へ招かれたこともあり、キエ子は主人側より先に席に着いてお待ちするはしたなさであった。

食事は結構ずくめであった。特に鮑《あわび》のグラタンは絶品で、キエ子は座頭市のような目つきになり、うっとりと溜息をつきながら口だけはせわしなく動かしていたところ、いきなり口の中でガツンときた。貝殻の破片でも入っていたかと、主人側に判らぬよう気を遣いながら、そっとナフキンで受けてみたところ、何と金冠である。

キエ子は胸が悪くなった。

カウンターの向う側で、指図をしたり味見をしている初老のシェフ（料理長）がいる。虫歯のありそうな顔をしているからあの男のに違いない。

キエ子は、子供の頃読んだ漫画の「フクちゃん」を思い出した。たしかおみおつけかなにかの中から腕時計が出てくるのがあった。同じ金でも腕時計ならまだ許せる。

友人が戦争直後の闇市で、一杯十円で食べた進駐軍の残飯シチューの中に桃の種子が入っていたと聞いたことがあったが、それも戦争直後である。戦後三十四年もたって一流料理店のグラタンから金冠とは何事であるか。

だが、ここで騒ぎ立てては、招いて下さった主人側は恐縮するであろう。招待客は自分ひとりではないことだし、折角《せっかく》の晩餐《ばんさん》を台なしにするのは本意ではないので、金冠はさりげなくくるんでバッグに仕舞った。

「これ以上デブになると後妻の口に差支えますので」

下手な冗談でごまかしてグラタンはそのまま残したが、それから先の料理は胸がつかえて味も何もあったものではなかった。

キエ子の腹立ちは一晩中納まらなかった。

バーを一軒廻って帰ったので、今夜はもう間に合わないが、明日は電話でどなってやる。見るのもおぞましい証拠物件も、ちゃんと取ってある。それが原因で、あのシェフは職を失うかも知れないが、その位は当然である。情けをかけることなどあるものか。

ご内聞にして下さいと、ケーキを持って詫《わ》びに来ても、断じてケーキは受取らないぞ。

「あなたは見ず知らずの人の使った歯ブラシで歯を磨くことが出来ますか。人の入れ歯をはめることが出来ますか。私はそういう思いをしたのですよ。

これにくらべたら、髪の毛やゴキブリの方がまだ可愛気《かわいげ》がありますよ。お引き取り下さい」

年代もののワインということも考えられるが、ここで、ご丁寧になどと目尻を下げてはいけないのである。断固スジを通さねば——と考えているうちにまた胸がムカつき、怒りくたびれて眠ってしまった。

ところが、朝になり歯を磨こうとして口に水を含んだら、奥歯のあたりが沁《し》みるのである。金冠は自分のであった。

歯が丈夫なのを自慢にしていたのでコロッと忘れていたが、八年前に小さな虫喰いが出来て、金冠をかぶせていたのである。

キエ子にはこの類《たぐ》いのしくじりがいくつもある。

彼女はこの二、三年、ひそかに日本の印刷事情について憂《うれ》えるところがあった。

週刊誌のカラー・グラビアの印刷がズレている。一番ハッキリしているのは人間の眼で、真中の黒目が必ずハミ出している。彼女はもと雑誌の編集をやっていたので、これは製版のズレによるものだと判っていた。

高層ビルだとか、なんだとか上ばかり見て調子づいているが、こういう小さなことは積み残しではないか。グラビアの目玉がズレていて、白目の外に黒目玉がくっついていて、大平さんも山口百恵も赤ンベエをして、文化国家もないもんだ。

そういえばたるんでいるのは印刷関係ばかりではない。鉄鋼関係もなっていない。その証拠に、此《こ》の頃《ごろ》の縫針の出来の悪さは、まさに目を覆《おお》うものがある。

三本に一本は、針目が潰《つぶ》れている。作りがズサンなのかごみがつまっているのか、糸が通らないのである。

折を見て誰かに言わなくてはいけないと思っていた矢先に、ある雑誌の編集者と話をする機会があった。いい折だと思い忠告をしたところ、その人は、いきなりこう言った。

「失礼だが、検眼をしたほうがいいんじゃないですか」


キエ子は老眼であった。

老眼鏡が出来上って、かけて見たら、週刊誌のズレていた目玉は、ピントが合うようにピタリと納まった。

針の目もみんなキチンとあいていた。

「お若くみえます」

などという他人様のお世辞をまに受けて、自分ひとりは年を取らないと思い込んでいたのである。

老眼鏡をかけて鏡を見てみたら、顔のしみもよく見えた。髪を分けたら、知らないうちに白髪が増えていた。

世の中で自分ひとりがすぐれている。私のすることに間違いなどあるわけがない。違っているのは相手であり世間である。

天上天下唯我独尊《てんじょうてんげゆいがどくそん》は、お釈迦《しゃか》様ならいいが、凡俗がやると漫画である。

きまりが悪いのでキエ子と書いたが、この主人公の本当の名は、邦子である。

つまり、私なのである。

襞

　女学生と呼ばれた五年間をふりかえって、まず思い浮かぶのは、スカートの寝押しをしている自分の姿である。

　まず布団《ふとん》を敷く。それから敷布団ごと、柏餅を二つ折りにするように折り畳んでおいて、畳の上にスカートを置く。スカートは紺サージである。慎重に前と後の襞《ひだ》を整え、そろそろと、整えた襞を乱さぬよう敷布団をのせなくてはならない。暗い六十燭光の黄色い電灯の下で、夏はシュミーズ一枚、冬はパジャマの上に、セーターを、当時はガウンなどという洒落《しゃれ》たものはなかったから、私は灰色にエンジを混ぜたセーターを着ていたが、そのセーターを羽織ってするのである。

　あれは当時の女学生の夜の儀式であった。朝、目が覚めると、一番先に布団をめくって、スカートを調べた。寝相が悪かったせいであろう、襞に二本筋がついていることもある。おかしな具合に折れ曲がっていることも多かった。

「ああ、どうしよう」

朝から気持が潰《つぶ》れた。

たかがスカートの襞の一本や二本と思うのは、いま、大人になっての気持である。あの頃は、それが何かの目安だったのであろう。

襞はスカートだけではなかった。

体操の時にはくブルマーにもついていたが、こちらの方は、上と下にゴムが入っているので、敷押しというわけにはいかない。母に頼んでアイロンを借り、一本一本仕上げてゆくのである。

戦争が烈しくなり、節電が叫ばれ、家庭でアイロンを使うのがはばかられる時代があった。うまく出来たもので、その頃になると、スカートはモンペに代り、工場動員で学校は休校も同様になって、ブルマーの襞を気にしながら体操をする楽しみは奪われていた。

スカートもブルマーも、替えのゆとりがなかったのであろう、いつも同じものを着ていた。アイロンのかけ過ぎか、いやにピカピカ光っていた。匂いもした。

ほこり臭いような、脂臭《やに》いような、ムッとするような、鼻を近づけるのがきまりが悪くなる匂いであった。いまのように行き届いた解説書などなかったから、自分の気持や体の変りようを戸惑い、おぞましく思い、さまざまに想像し、想像していることを絶対に他人に気《け》どられないように振舞っている――そんなものが、あの光ったスカートの襞の奥にあったのかも知れない。

スカートの替えもなかったが、ほかにも無いものだらけの女学生生活であった。

間に戦争がはさまっていたから、食べるものがなかった。五年生の時はじめて習った「お料理」は、さつまいもを使った茶巾絞《ちゃきんしぼ》りである。教材に使うからといって、さつまいもを半分、学校へ持ってゆくことを母に頼む時、うしろめたい気がしたことを、いま思い出した。

教室には一本の花もなかった。学校の花壇も掘り返されて、いも畑になっていたし、先生方も国民服にゲートルである。敵性語である英語は、ずい分早くから授業が無くなっており、英語の先生は肩身せまそうに、事務など手伝っておられた。東条首相の知り合いだというだけで、お作法の先生が時めいており、真善美《しんぜんび》といっしょに東条首相のおはなしというのを聞かされた。

バレーのボールは、修理して使っていたが、いびつになって、正確なレシーブをしたつもりでも、思わぬ方角に飛んで行った。

私はバレーと陸上競技をやっていたのだが、走り幅跳びの練習をしていて、跳んだところ、上級生が青ざめて、大変だ、日本新記録よ、と言う。私もそんな筈はないと思いながら足から震え出した。職員室に報告に走った生徒もいたが、なに、調べてみたら、巻尺が切れていたので、つないで短くなっていて、数字だけ何十センチかおまけになっていたのである。

レコードもなかった。

学芸会で劇をする。

私は、四年生の時「修禅寺物語」をやったのだが、ここ一番という時にかけるレコードは、「トロイメライ」とサン・サーンスの「白鳥」しかなかった。

この二枚が「安寿《あんじゅ》と厨子王《ずしおう》」の時にも、「乞食王子」にもかかるのだが、テレビなど無い時代だったせいか、講堂いっぱいの生徒や先生方は、けっこうハンカチを出して泣いて下さった。そのせいか、私は今でも、この二つの曲を聞くと、鼻の奥が少しこそばゆくなってくる。

工場動員中に旋盤で大けがをした友人もいたし、長崎へ疎開して原爆にあい顔中ガラスの破片がめり込んでしまった級友もいた。爆弾でうちも親兄弟も吹きとばされた友達もいたが、だからといって笑い声がなかったかといえば、決してそんなことはなかった。

口は大きくあけるが、一向に声の通らないお習字の先生に「空金《くうきん》」（空中金魚の略）というあだ名をつけ、生理衛生の時間に、知っている癖に困った質問をしてオールドミスの家政の先生の顔を赤らめさせ、私たちはよく笑っていた。校長先生が、渡り廊下のすのこにつまずいて転んだというだけで、明日の命も知れないという時に、心から楽しく笑えたのである。

女学生というのはそういうものであるらしい。

おの字

親のない人が羨《うらやま》しい。

故郷が遠くにある人が妬《ねた》ましい。

活字のほうに仲間入りしてまだ日が浅いが、つくづくこう思うようになった。

ことばが使いにくいのである。

「酒を飲む」と書けない。

「尻をまくる」と書きづらいのである。

父は亡くなったが、母は健在である。適齢期などとうの昔に過ぎているとはいえ、ある日突然娘が本名でものを書き出し、「酒」「尻」と書いたのを見たら、昔気質《むかしかたぎ》の人間としてどんな気がするだろう。おまけに私は東京生れで、親戚や友人もまわりに固まっている。なにかしでかすと、すぐ見つかってしまうのである。

「邦子は生れたとき毛が薄くてねえ、よく夜泣きする子だったよ」

などと言う人が、身近に生きているのである。

私は気弱く「お酒」「お尻」とおの字を書き加える。

書き加えてみると、酒ではないが今度は甘口になってしまう。

賞なんぞもいただいたことだし、お尻を、いや尻をまくって、おの字は取ろう。さて取ってみると、また何やら居心地悪く、結局つけ加えたりして、ただでさえ小汚い原稿はますます汚れてしまうのである。

男のかたには、いや男には判らない苦労であろう。いまのところ私は、お酒と酒、お尻と尻の間を行ったり来たりしている。

浮気

駅の売店で週刊誌を買う。

一冊はあったがお目あてのもう一冊が品切れになっている。仕方がないので本屋でその一冊を買うわけだが、そういう場合、買ったものをむき出しで抱えているといろいろと気を遣ってしまう。

これはお宅の店のものではないのよ、前のところで買ったものなのよ、というところを店員に認めてもらわなくてはならない。ハッキリいえば万引と間違えられないようにしなくてはならない。

まだ読んでもいない週刊誌をぐるぐる丸めたり、入口の店員さんの前でわざと見せびらかすようにしてから店に入る。

残りの一冊を買うときも、

「あの、これ、駅で買ったの。すみません」

などと、言わなくてもいい詫びを言ったりしている。万々一、万引と間違えられたときの用心に、どこかの一ページぐらいの見出しだけでも覚えておき、すでにいくらか読んでいることを証明するようにしようかしら、と気を廻したりしている。勇ましがっているが、気の小さい小者だなあ、この分では先ゆき大したことはないなあと、わが前途が見えてきて暗澹《あんたん》としたりするのである。


私は日常のものは、住居のすぐ裏手の小ぢんまりしたスーパーで整えることにしている。スーパーといっても、ついこの間まで八百屋だった店だが、品物がいいのと店の人たちに実《じつ》があって、二日に一回は顔を出す。

ところが、五分ほど離れたところに有名大スーパーがあり、ときどきはそこで買物をする。買物ついでに、いつもは近くの小ぢんまりのほうで買う大根や葱《ねぎ》も一緒に有名のほうで買ってしまうことがある。

有名の紙袋を提げたときは、小ぢんまりの前を通らないように心掛けているのだが、ぼんやりしていると頭と足は別々とみえて、小ぢんまりの前を歩いている。

間の悪いもので、そういうときに限って、小ぢんまりの主人が店のおもてで空箱を片づけたりしている。

「いい陽気になりましたですねえ」

とお言葉を賜《たまわ》ったりする。

私は新宿御苑の園遊会で天皇陛下にお言葉を賜ったときのように（お招きを受けたこともないから判らないけれど）ハッと一声、棒立ちになり、口のなかでわけのわからないご挨拶を呟《つぶや》いて、いつもより深い角度でお辞儀をする。浮気をしたときの気持はきっとこんなものかも知れないな、と経験のない野暮天《やぼてん》は、こんなところでちょっと判ったりするのだ。

これだけならまだ罪は軽いのだが、ときどき有名の袋を提げて小ぢんまりに入ることがある。三つ葉や生姜《しょうが》を買い忘れたときである。

有名のほうで、三千円だか四千円を買い、小ぢんまりのほうは百円か百二十円のものしか買わない。申しわけなさに身を縮めることもあるし、どこで買おうと客の自由じゃないか、卑屈になることはないんだと、チクリと痛い分だけわざと平気を装ったりする。浮気をして帰った人間が、うしろめたい分だけカラ威張りをする気持がすこし判るのもこんなときである。

大根か葱ならまだいいのだが、これが美容院となると、もうすこし重たいものがある。

別に嫌になったわけではない。髪を整えなくてはならない日に行きつけの美容院が休みだったので、別の店でやってもらったら、我ながら感じが変って悪くない。

次もそこへゆき、気がつくと、自然に馴染《なじ》みの店からは足が遠のいてしまう。

私はこの三十年ばかり、ほとんど髪型も変えない横着者だが、それでも三年に一度、五年に一度はこういうことがある。

新しい店に移り、髪を整えてからおもてへ出たとたん、古い店の私の係だったひとにバッタリ逢ったことがある。

彼女は、あらと立ちどまった。

「お元気そうでよかった」

すこし不自然にみえる明るい笑い方だった。

「このところ、旅行が多いもんだから」

私のほうもつとめて明るく笑いながら、

「近いうち伺います」

またしても気の弱さが顔を出すのである。

新しい店に通うようになって三年ほどたった。気の張る会合があり、せめて髪ぐらいはキチンとしようと思って美容院へ出かけると、これが従業員慰労の旅行とかで休みである。三年ぶりで古い美容院へ入った。

敷居が高いというのはこれかと思った。どことなく気恥かしく、いじけている。

店内も何回か改装したとみえ、モダンになっている。おぼつかない手つきで洗髪をしたり、ピンを手渡したりしていた見習いが、いっぱしの姉さん株になっている。洗髪台に体をのばして、髪を洗ってもらっていると、オドオドした気持が少しずつ溶けてくる。三年前の係の人が、

「前と同じでいいですか」

といいながら、髪をさわる。久しぶりにうちに帰ったような、安らかな気分になる。それでいて、新しい店の係の人に済まないなとチクリと痛いものもある。

長い間浮気していた夫が、二号さんのところから本妻のところへもどったときはこんなものかな、と考えながら目をつぶっている。

自分のうちに犬や猫を飼っているのに、よその犬猫をなでたり可愛《かわい》がったりする。

一生面倒をみてやる責任がないせいか、気楽である。面白いし可愛い。うちのよかずっといいなと思い、連れて帰ろうかしら、と思ったりするが、勿論《もちろん》それは気まぐれで、おなかや

耳のうしろを掻《か》いてやり、よろこんでじゃれたりやわらかく甘噛《あまが》みされたりしていい気分になるだけで別れる。五分もするとその楽しさは忘れてうちへ帰るわけだが、よその犬猫をひどく可愛がったあとは、出迎えるうちの猫にちょっと済まない気持になり、好物の煮干しをいつもより二、三匹多くやったりしてしまう。

人生到るところ浮気ありという気がする。

女が、デパートで、買うつもりもあまりない洋服を試着してみるのも一種の浮気である。インスタント・ラーメンや洗剤の銘柄を替えるのも浮気である。テレビのチャンネルをひねると、CMというかたちで主婦に浮気をすすめている。

こういう小さな浮気をすることで、女は自分でも気がつかない毎日の暮しの憂さばらしをしている。ミニサイズの浮気である。このおかげで大きい本ものの浮気をしないで済む数は案外に多いのではないだろうか。

身体髪膚

ほんのかすり傷だが久しぶりに怪我《けが》をした。

玄関の三和土《たたき》に小銭を落し、拾い上げて立ち上った拍子にドアの把手《とって》に頭をぶつけたのだ。左のこめかみに、三センチほどの臙脂《えんじ》の毛糸を貼りつけたような傷が残り、十日ばかり目を伏せて歩いた。

四十年前に、私は同じ場所を切っている。

小学校へ上ったばかりの、冬の夕方だった。うち中揃《そろ》ってお出掛けというので、私ははしゃいでいた。お出掛けといったところで、せいぜいお手軽な洋食にプリンを食べて帰りに玩具を買ってもらう程度なのだが、よそゆきの服を着られるのも嬉しかった。

一人だけ先に身支度《みじたく》を終え、玄関にうち中のはきものをならべた。天井の高い玄関には、鈴蘭形の黄色い門灯がひとつついていた。

おろしたての靴下止めがきついので、上りかまちに坐り、父の大きな靴の中へ足を入れて直した。赤い幅広のゴムに黄色い筋が二本入り、茶色の皮がついていた。父の靴の隣りは母の草履《ぞうり》で、分厚いコルクの上に畳表がのっていた。玄関の正面には帽子掛けがあり、私のグレイのフェルトに紫色のリボンの帽子と、弟の黒い帽子、父の中折れがならんでいた。手が届かないので私は何度も飛び上り、帽子を取ろうとした。やっと手が届いたと思った途端、帽子掛けがはずれて落ち、私の目尻を切った。

それからあとは全く記憶にない。

別に気絶したわけではなく、覚えていないのである。こういう場合、父は逆上するたちなので、恐らく母をどなり祖母に八つ当りして、私を医者にかつぎ込み、その夜のお出掛けは滅茶苦茶になったに違いないのだが、いま残っているのは、帽子掛けが落ちるまでの妙に鮮明な記憶と、人差指の腹にかすかにさわる左目尻の小さな傷だけである。

私は飛び上って怪我をしたのだが、二つ違いの弟は、墜落して同じところに傷をつくっている。

弟が五つになった時、父は庭に池をこしらえた。父親の名前も顔も知らないで育ち、他人の家を転々として大きくなった父は、初めての男の子に、自分で釣った鯉や鮒の泳ぐ池を見せてやりたかったのだろう。

場所も、弟が縁側に坐ったまま眺められるように、鉤《かぎ》の手になった縁側のそばであった。父は汗みどろになってシャベルを振るい、かなり大きな穴を掘りセメントで固めた。形も凝っていて、自然の池らしくジグザグになっていた。縁のところには小さなセメントの築山もこしらえた。手仕事は全く無器用な人だったから、今考えれば随分と不細工な池だったと思うが、笑ったりしたら大変なことになるのは判っていたから、母も祖母も、出入りの人達もひたすら感心して誉めそやしていた記憶がある。

ところが、セメントがやっと乾き水を張った途端に、縁側で見物していた弟が落ちて、池の縁のセメントで大きなこぶをつくってしまったのである。

中に何が詰っていたのか知らないが弟は頭でっかちで、その頃の写真を見ると、着物に白いエプロンをした弟は、福助足袋《たび》の見本のような顔で嬉しそうに縁側に坐っている。グラリと前へのめって当然といった按配《あんばい》である。

墜落直後の阿鼻叫喚《あびきょうかん》の騒ぎはこれまた記憶にないのだが、夜中にご不浄に起きた時のことははっきり覚えている。

客間には煌々《こうこう》と明りがつき、弟が客布団に寝かされている。そのおでこには大きな馬肉がのっかっている。馬肉は熱を取り腫《は》れを除くというので、取り寄せたらしい。枕もとで、腕組みした父がこの世の終りといった思いつめた顔で坐っていた。

足音をしのばせて二階に上ると、祖母が笑いをこらえながら、仏壇の前でお経を上げていた。金と桃色の濃淡の蓮華《れんげ》の形をして、アコーディオンのようになった経本だった。池は怒り狂った父がその夜のうちに埋めてしまった。今でも馬刺《ばさし》やサクラ鍋を食べると、「お父さんの池」を思い出すことがある。晩年は肥ってしまったが、池を掘った頃の父は痩《や》せていた。青筋を立ててセメントをこわしていた父の細くて白い脛《すね》と、弟のおでこにのっていた分厚い馬肉が目の前にチラチラする。馬肉は体が暖まるというのは、本当である。

うちは四人きょうだいだが、怪我にも連鎖反応があるのか、末の妹も顔に小さな傷をしたことがあった。

祖母が亡くなってすぐの法事の時だったと思う。幼い妹が坊さんのお経をおかしがって笑ったりするので、キャラメルをあてがわれ、庭でひとりで遊んでいた。ちょうどこの日、庭師が入り、築山の松の木の手入れをしていたのだが、妹が脚立《きゃたつ》に寄りかかったのか、庭師が上から植木鋏《ばさみ》を落してしまい、妹の目尻をかすめたのである。妹の泣き声で、親戚一同が総立ちになった。

「大変だ！　和子が目をやられたぞ！」
仁王立ちになって叫ぶ父を突き飛ばすように、母が足袋はだしで飛び出し、妹を横抱きにすると、物もいわずに隣りの外科医院に駆け込んだ。幸い傷は大したこともなく、今はあとかたもないが、大体において一朝事《いっちょうこと》ある場合、父は棒立ちでやや大袈裟《おおげさ》に呼ばわるだけだが、母は考えたり迷ったりするより先に体の方が動いているところがあった。父と母の、男と女の違いなのだろうか。

こと体の動きにかけては、いつも母におくれをとっていた父だが、一回だけ子供の為に駆け出してくれたことがある。

私は女学校は四国の県立高松高女だが、入学した直後、父の転勤で、一学期の終りに東京の目黒高女の編入試験を受ける羽目になった。

試験日が盲腸手術の直後とぶつかってしまい、体操は免除して戴くようお願いをしていた。

試験の朝早く、母は隣りで寝ている父が、脂汗をかきひどくうなされているのに気づいて、揺り起した。父は私の編入試験の夢を見ていた。あれほど頼んだのに、私は体操が免除にならず、走ってみなさいといわれている。父は飛び出して、

「この子は病み上りだから、代りに走らせてもらいたい」

と願い出て、編入試験を受けるほかの女学生の中にただ一人まじって、スタートラインに

立ったという。ピストルが鳴って走り出したのだ。が、足に根が生えたのかどう焦っても足が前に進まない。七転八倒しているところを母に起されたというのである。

このことは、私がどうにか編入試験にパスした合格祝いの食卓で、母から聞かされた。

「お前が合格したのはお父さんのおかげよ」

お赤飯をよそいながら母が感動した面持《おももち》でいうと、

「いいお父さんを持って邦子はしあわせだねえ」

祖母まで調子を合せ、父に見えないように箸箱《はしばこ》で私のお尻を突っついて、

「有難うございますはどうしたの」

小声で催促をする。

夢の中で駆け出さなくてもいいから、その分拳骨《げんこつ》や口叱言《くちこごと》を減らして欲しいと思ったが、口に出していえば、それこそ拳骨が飛んでくる。理屈に合わないはなしのような気もしたが、畳に手をつき、お櫃《ひつ》の脇に頭を下げた。笑い上戸《じょうご》の弟は福助頭をふるわせて笑いをこらえていた。


父は昔の人間としては体も大きく、野球やピンポンは子供たちが束になってかかってもかなわなかったが自転車だけは駄目だった。関東大震災の時、逃げる時は友人の自転車を借り

て逃げたが、返す段になったらどうしても乗れない。仕方がないので一日がかりでかついで返しに行ったという人である。

　自分が不得手だったせいか、女の子が自転車に乗ることをひどく嫌った。

「あれは女が乗るものじゃない。どうしても乗りたいのなら自動車か馬に乗れ」

　三十年も前のはなしだから、自家用車も乗馬も夢物語である。妹達は隠れて乗っていたらしいが、長女の私は、

「乗っているのを見つけたら、その場で引きずりおろすからそう思いなさい」

というのを真にうけて、いまだに自転車は駄目である。

　ところが、就職していた頃、サイクリングが流行《はや》り始め、社員の有志で行くことになった。私はお節介なたちで、口数も多いところから、幹事ということになったのだが、計画を立て日取りも決めたところで気がついた。自分が自転車に乗れないことをケロリと忘れていたのである。

　効能書をのべたてた手前引っこみがつかないので、当日の天候とか事故の心配をいいつのり、プランを潰《つぶ》そうとしたが、うまくゆかず、結局、事の次第を白状して取りやめにしてもらった。それからしばらく、自転車ということばが出ると、一同私の顔を見てクスクス笑いをしているようだった。

父の目がうるさかったので、自転車のサドルに腰をおろしたことはないが、荷台に乗せてもらったことは二、三度ある。盲腸の手術をして退院したすぐあとのことだった。

体力が充分でないせいか、歩くとフラフラする。編入試験にも合格したことだし、今日ぐらいはみつかっても大丈夫だろうと、仲のいいクラスメートのうしろにしがみついて走り出した。祐天寺の近くの通りを突っ切るところで、兵隊さんの行進にさえぎられた。今はデモ隊だが、当時は「そこのけそこのけ兵隊さんが通る」である。

汗臭いカーキ色の隊列を見ている私の右隣りに兎を積んだリヤカーが同じように待っていた。荷台に大きな籠をのせ、上から目の細かい網をかぶせて逃げないようにしてあるのだが、網目の間から白い兎の耳が出ている。

私は町なかの生れ育ちで、間近に兎を見るのは初めてだったから、手を出して兎の耳をつかんでみた。その時、兵隊さんの隊列が途絶えたのだろう、リヤカーがぐんと大きく前へ進んだ。はずみで網目からすり抜けた兎が一匹、私の手に残ってしまったのである。

大暴れする兎を片手でブラ下げて、私達はあわてて後を追ったのだが、なにせ中古のガタガタ自転車である。リヤカーとの距離は開くばかりで、通行人の協力でやっと追いついた時は、へとへとになっていた。しかもリヤカーの主は、ひどくうさん臭い目で私達を見るのである。

私達は、ただ兎の耳をつかんだだけなのだが、人だかりはするし、半端な感じで謝って兎を返した。絵や写真でみる兎は、真白で、フカフカーして小綺麗《こぎれい》なやさしい動物だが、ブラ下げてみるとそうはゆかない。

かなり持ち重りがするし、力も強く、気も荒い。そして、フンワリと想像していた毛は、ゴワゴワしていた。今覚えているのは、兎の耳が少し冷たかったことと、あの時、兎はなき声を立てなかったな、ということだ。

兎を返して一息ついた時、私はおなかに違和感を感じた。さっき、兎をブラ下げてリヤカーを追いかけた時、右のおなかでプツンとなにかが切れたような感じがあったからである。

電信柱のかげでそっと調べてみたら、盲腸の手術跡の真中あたりが一センチほど弾けて、透明な水のようなものがしみ出ていた。

大変なことになった、と思ったが、うちには黙っていた。そっと母の目を盗んでマーキュロをつけ、不安な二、三日を過したが、そのうちくっついてしまった。

いまは肌色のクレヨンで、スウッとこすったようになっているが、真中へんのクレヨンの勢いがいいのは、三十五年前のあの日の、兎の耳をつかんだ罰なのである。

耳といえば、こんなこともあった。小学校六年の夏は、四国の高松にいた。海水浴から帰ったところ右の耳がさっぱりしない。水が残っているのである。このとき、少女雑誌の附録で、耳に水が入った時は、豆を入れると水を吸う、と書いてあったのを見た。

荒神《こうじん》様の神棚を探したら、隅に節分の大豆の煎ったのが転がっていたので、耳の中に一つ押し込んで様子を見た。確かに水を吸ったらしく、さっきまでは頭を叩くと、プカンプカンと西瓜《すいか》のような音がしていたのに、今度はまさしく自分の頭になった。

ところが、今度は水を吸った大豆が出なくなってしまった。楊子で突ついても、右を下にして飛んでも駄目である。私は、右の耳の豆から芽が出て、巨大なジャックと豆の木に育ってゆく絵を、眠れない夜の暗い天井に描いておびえていた。

結局、次の朝母に白状して、直ちに耳鼻科に引っぱってゆかれ、ピンセットでつまみ出して戴いた。白くふやけた豆は、記念に取っておいたのだがいつとはなしにどこかへなくしてしまった。

桜が散ると、グリーンピースやそら豆がおいしくなる。

豆の莢《さや》をむくと、中に三つ、四つ、豆がならんで入っている。三つなら三つ、四つなら四つが同じ大きさに粒が揃い虫食いがないと、しあわせな気分になる。

端のひとつが、やせてミソッカスだと、末っ子まで養分がまわりかねたのかな、と哀れになる。この程度の虫食いなら食べられそうな気もするし、気前よく捨てたい気もするし——豆をむくのもたのしみ半分気骨《きぼね》の折れる仕事である。

莢がはじけると、一つ莢の豆はバラバラになる。うちの四人姉弟も、今は別々に暮しているがたまに四人の顔があうと、子供の頃のはなしになる。

身体髪膚《しんたいはつぷ》之《これ》ヲ父母ニ受ク
敢《あえ》テ毀傷《きしよう》セザルハ孝ノ始メナリ

父も母も、傷ひとつなく育てようと随分細かく気を配ってくれた。それでも、子供は思いもかけないところで、すりむいたりこぶをつくったりした。いたずら小僧に算盤《そろばん》で殴られて、四ツ玉の形にへこんでいた弟の頭も、母の着物に赤いしみをつけてしまった妹の目尻も、いまは思い出のほかには、何も残っていないのである。

働くあなたへ

手袋をさがす

二十二歳の時だったと思いますが、私はひと冬を手袋なしですごしたことがあります。

その頃、私は四谷にある教育映画をつくる会社につとめていました。月給は高いとはいえませんが、身のまわりを整えるくらいのことは出来た筈です。にもかかわらず手袋をしなかったのは、気に入ったのが見つからなかったためでした。

あの頃は、今よりもずっと寒かったような気がします。戦争が終って間もなくで、栄養状態も悪かったせいでしょう。今のように暖房も行きとどいてはおらず、駅も乗物もひどい寒さでした。人はみな厚着をした上に分厚いオーバーを着こみ、手袋をはめていました。今でこそ、手袋なし、コートなしはかえって粋《いき》でカッコいいとされますが、当時は衣生活も貧しかったせいでしょう、それはそのままお金がない、惨めなことのサンプルでした。

私は、惨めったらしく見えるのが嫌でしたから、ポケットに手を突っ込んだり、こすり合わせて息を吐きかけたりなどせず、冷たくなんかないわ、私はわざとこうやっているのよ、というふうにことさら颯爽《さっそう》と歩いていましたが、手袋のない私の手はカサカサに乾き、いつも冷たくかじかんでいました。

今ふりかえってみて、一体どんな手袋が欲しくてあんなやせ我慢をしていたのか全く思い出せないのがおかしいのですが、とにかく気に入らないものをはめるくらいなら、はめないほうが気持がいい、と考えていたようです。

まわりは、はじめは冗談だと考えていたようです。ところが私が風邪をひくに及んで、とうとうあきれかえり、母は本気で私を叱りました。

「バカバカしいことはやめてちょうだいよ。大事になったらどうするの」

私は、手袋のせいで風邪をひいたのではないと頑張りました。そうなるとこっちも意地で、熱があるのに一日も休まず勤めに通いました。その頃になると、私がいつ手袋を買うか、まわりの人間が気にするようになりましたから、私は嫌でもあとへ引けない気持になっていました。

そんなある日。

会社の上司で、私に目をかけてくれた人が、残業にことよせて私に忠告をして下さったのです。当時三十五、六だったその人は、自腹を切って五目そばを二つ取り、少し離れた自分の席で、湯気の立つおそばをすすり込みながらこう言いました。

「君のいまやっていることは、ひょっとしたら手袋だけの問題ではないかも知れないねえ」

私はハッとしました。

「男ならいい。だが女はいけない。そんなことでは女の幸せを取り逃がすよ」

そして、少し笑いかけながら、ハッキリとこうつけ加えました。

「今のうちに直さないと、一生後悔するんじゃないのかな」

素直にハイ、という気持と、そういえない気持がありました。その晩、私は電車にのらず、自分の気持に納得がゆく答が出るまで自分のうちに向ってどこまでも歩いてみようと決めました。当時、井の頭線の久我山に住んでいましたので、四谷駅をあとに電車通りを信濃町方向に歩き出しました。おそばで暖まった手袋のない指先はすぐに冷たくかじかんできました。


私は子供の頃から、ぜいたくで虚栄心が強い子供でした。いいもの好きで、ないものねだりのところもありました。ほどほどで満足するということがなく、もっと探せば、もっといいものが手に入るのではないか、とキョロキョロしているところがありました。玩具でもセーターでも、数は少なくてもいいから、いいものをとねだって、子供のくせに生意気をいう、と大人たちのひんしゅくを買ったのを憶えています。

おまけに、子供のくせに、自分のそういう高のぞみを、ひそかに自慢するところがあって――ひとくちにいえば鼻持ちならない嫌な子供だったと思います。爪をかむ癖と高のぞみは、はたちを過ぎても直らず、ますます深みに入ってゆく感じがありました。考えてみますと、私の爪をかむ癖も、フロイト学説によりますと、欲求不満が原因とかで、のぞむものが手に入らない苛々《いらいら》からきていることに間違いはなさそうです。十七、八歳の頃、気持を静めようと本を読んでいて、気がついたら、本の上にポタポタと血が落ちたことがありました。

たしかに、私は苛立っていました。

社員十人ほどの小さな会社でしたが、カメラマン、画家、音楽家もいて、学校では学べなかったさまざまなものを私に与えてくれました。社長夫妻も私を可愛がってくれ、生れた娘に私と同じ名前をつけるということもあったりして――つまり、はた目からみると若い娘の結婚前の職場としては、不平不満をいうのはぜいたくというものでしょう。

私は若く健康でした。親兄弟にも恵まれ、暮しにも事欠いたことはありません。つきあっていた男の友達もあり、二つ三つの縁談もありました。今考えればみな男としても人間としても立派な人たちばかりで、あの中の誰と結婚していても私は、いわゆる世間なみの幸せは手に出来たに違いありません。

にもかかわらず、私は毎日が本当にたのしくありませんでした。

私は何をしたいのか。

私は何に向いているのか。

なにをどうしたらいいのか、どうしたらさしあたって不満は消えるのか、それさえもはっきりしないままに、ただ漠然と、今のままではいやだ、何かしっくりしない、と身に過ぎる見果てぬ夢と、爪先き立ちしてもなお手のとどかない現実に腹を立てていたのです。たしかに手袋は手袋だけのことではありませんでした。

我ながら、何というイヤな性格だろうと思いました。

このままでは、私の一生は不平不満の連続だろうな、と思いました。今年の冬どころか来年の冬も、ずっと手袋をしないで過ごすことになるのではないか、と思いました。自分に何ほどの才能も魅力もないのに、もっともっと上を見て、「感謝」とか「平安」を知らないこの性格は、まず結婚してもうまくゆかないだろうな、と思いました。

そういえば父にも言われたことがありました。

「若いうちはまだいい。自然の可愛げがあるから、まわりも許してくれる。だが、年をとってその気性では、自分が苦労するぞ」

これは本気で反省しなくてはならない。

やり直すならいまだ。

今晩、この瞬間だ。

私は四谷の裏通りを歩いていました。夕餉《ゆうげ》の匂いにまじって赤ちゃんのなき声、ラジオの音、そしてお風呂を落としたのでしょうか、妙に人恋しい湯垢《ゆあか》の匂いがどぶから立ちのぼってきました。こういう暮しのどこが、なにが不満なのだ。十人並みの容貌と才能なら、それにふさわしく、ほどほどのところにつとめ、相手をえらび、上を見る代りに下と前を見て歩き出せば、私にもきっとほどほどの幸せはくるに違いないと思いました。そうすることが、長女である私の結婚を待っている両親にも親孝行というものです。

しかし、結局のところ私は、このままゆこう。そう決めたのです。

ないものねだりの高のぞみが私のイヤな性格なら、とことん、そのイヤなところとつきあってみよう。そう決めたのです。二つ三つの頃からはたちを過ぎるその当時まで、親や先生たちにも注意され、多少は自分でも変えようとしてみたにもかかわらず変らないのは、それこそ死に至る病ではないだろうか。

今、ここで妥協をして、手頃な手袋で我慢をしたところで、結局は気に入らなければはめないのです。気に入ったフリをしてみたところで、それは自分自身への安っぽい迎合の芝居に過ぎません。本心の不満に変りはないのです。いえ、かえって、不満をかくしていかにも楽しそうに振舞っているようにみせかけるなど、二重三重の嘘をつくことになると思いました。

お恥かしいはなしですが、私は極めて現実的な欲望の強い人間です。いいものを着たい、おいしいものを食べたい。いい絵が欲しい。黒い猫が欲しいとなったら、どうしても欲しいのです。それが手に入るまで不平不満を鳴らしつづけるのです。

若い時分は、さすがに自分のこの欠点を恥かしいと思い、もっと志を高く「精神」で生きようとしたものです。ところが、私は、物の本で読む偉い人の精神構造にくらべて、造りが下世話《げせわ》に出来ているのでしょう。衣食住が自分なりの好みで満ち足りていないと、精神までいじけてさもしくなってしまう人間なのです。このイヤな自分をどうしたらよいか、このことも考えました。

そして――私は決めたのです。

反省するのをやめにしよう――と。

私はヘンに完全主義者のくせに、身を責めて努力するのをおっくうがるところがあります。要領がいいので、その場その場で、いともお手軽に反省をしてしまうのです。本心からすまないことをした、と思わないくせに、謝ったほうが身のため、まわりのためと思うとアッサリと謝り、自分のとった行動を反省して、こんどは反省したことで、罪業消滅したと錯覚して、そのことに何の罪悪感ももたず、一日もたてば反省したことすら忘れてしまって、また同じあやまちを繰り返していたのです。

これでは、良心をうぬぼれ鏡にうつして、自分の見栄っぱりな心におべっかを使っているのと同じではありませんか。毎日毎日の精神の出納簿《すいとうぼ》の、小さな帳尻はあってはいるものの、さて、「一生」という大きな単位で見ると、何の変りはなく、むしろ、私は毎日反省をしています、という自己満足だけが残るのではないか、と思ったからです。

本当に心の底から反省して、その結果を実行にうつしている人もいるでしょう。しかし、私の反省は、ただのお座なりの反省だったのです。

それくらいなら、中途半端な気休めの反省なんかしないぞ、と居直ることにしようと思ったのです。魂の底からの反省、誰も見ていなくても、暗闇の中にいても、恥かしさに体がふるえてくるような悔恨がなくて、何の反省でしょうか。日記に反省したと記しただけで、眠る前の、就眠儀式《しゅうみんぎしき》のための反省など、偽善以外の何ものでもない、と思ったのです。

花を活けてみると、枝を矯《た》めることがいかにむつかしいかよく判ります。折らないように細心の注意をはらい、長い時間かけて少しずつ枝の向きを直しても、ちょっと気をぬくと、そして時間がたつと、枝は、人間のおごりをあざ笑うように天然自然の枝ぶりにもどってしまうのです。よしんば、その枝ぶりが、あまり上等の美しい枝ぶりといえなくとも、人はその枝ぶりを活かして、それなりに生きてゆくほうが本当なのではないか、と思ったのです。

私は「清貧」ということばが嫌いです。

それと「謙遜《けんそん》」ということばも好きになれません。

私のまわりに、この言葉を美しいと感じさせる人間がいなかったこともあります。少しきつい言い方になりますが、私の感じを率直に申しますと、

清貧は、やせがまん、

謙遜は、おごりと偽善に見えてならないのです。

清貧よりは欲ばりのほうが性にあっていますし、へりくだりながら、どこかで認めてもらいたいという感じをチラチラさせ、私は人間が出来ているでしょう、というヘンに行き届いたものを匂わせられると、もうそれだけで嫌気がさして、いっそ見栄も外聞もなく、お金が欲しい、地位も欲しい、私は英語が出来るのよ、と正直に言う友人のほうが好きでした。

結局、この晩、私は渋谷駅まで歩いて井の頭線に乗ったのですが、電車の中で、こう決めました。あしたから、今まで、私は自分の性格の中で、ああいやだ、これだけは直さなくてはいけないぞと思っていることをためしにみんなやってみよう。

その翌朝から、新聞の就職欄に目を通しました。そして朝日新聞の女子求人欄の「編集部員求ム」の広告に応募してパスしました。もと勤めていた四谷の勤め先のほうではすぐやめては困る、ということだったので、少しの間昼は日本橋、夜は四谷の会社へ残務整理に通い

ました。

ここで、私は洋画専門の映画雑誌の編集をやりながら、二十二年間の「NEVER」を一度に取りもどしたのです。

ぜいたく好きだと叱られて、ほどほどのもので我慢することもやめました。三ヵ月間のサラリーをたった一枚のアメリカ製の水着に替えたのもこの頃です。もちろん、もともと安いサラリーですから、お茶ものまず、お弁当をブラ下げて通い、洋服の新調もすべてあきらめてのぜいたくでした。

アメリカの雑誌でみた黒い、何の飾りもない競泳用のエラスチック製のワンピースの水着で、真っ青な海で泳ぎたい。この欲望をかなえるための、人からみればバカバカしい三ヵ月間の貧乏暮しは、少しも苦にならず、むしろ、爽《さわ》やかだったことを覚えています。この水着は十年間、夏ごとに使い、どうしても欲しいとせがむ水泳自慢の友人にゆずって、そのあとずい分役に立った筈です。

欲しいものを手に入れるためには、我慢や苦痛がともなう。しかし、自分の我がままを矯めないでやっているのだから、不平不満も言いわけもなく、精神衛生上大変にいいことを発見したといえます。

水着は一例ですが、映画雑誌の編集の仕事をしながら、私のないものねだりと高のぞみはますます強くなっていったようです。

他人のつくった映画を紹介したり、批評家の批評をのせる仕事にあきたらなくなって、自分でも何かを作ってみようと帽子の個人レッスンに一年ほど通ったこともありました。

ふとしたことがきっかけでラジオのディスク・ジョッキーの原稿を書く仕事をはじめたのも二十代の終りでした。今まで活字の世界にいて、音楽は趣味だったのですが、この二つが一つになって、活字が音になって自由に飛びはねる面白さに三年ばかりは、ほかにわき見もしないで、一生懸命にやりました。この仕事にも馴《な》れ、一回五分という制約に少し物足りなくて、いつもの癖の不満と高のぞみがそろそろ頭をもたげかける頃、週刊誌のルポライターの仕事がとびこんできました。

ひと頃、私は、朝九時から出版社に行き、昼まで一生懸命にデスクワークをして、昼食もそこそこに試写を一本見て、朝日新聞社の地下の有料喫茶室（一時間いくら）へゆき、ラジオの原稿を書き、夜は築地にある週刊誌の編集部へ顔をだし、夜は近所の旅館にカンヅメになって十二時過ぎまで原稿を書く、という生活をしたことがあります。

その頃、あまりのあわただしさに、一体、私は何をしているのだろう、と我ながらおかしくなって、銀座四丁目の交差点のところを、笑いながら渡っていて、友人に見とがめられ、

「何がおかしいのか」

と真顔で聞かれたことがありました。

もっと面白いことはないか。

もっと、もっと——好奇心だけで、あとはおなかをすかせた狼《おおかみ》のようにうろうろと歩き廻った二十代でした。何しろ、身から出たサビで、三つの会社から月給をもらっていたこともあり、うっかりすると眠る間もろくにありませんでしたが、そんな緊張感がよかったのか、幸い病気もせず、あとは、水が納まるところに納まって川になるように（自分ではそんな感じでした）勤めをやめ、ラジオをやめ、自分としては一番面白そうなテレビドラマ一本にしぼって、今七年になります。

二十二歳の冬のあの晩——。

もしも私が一パイの五目そばをふるまわれなかったら、そして、あたたかい忠告をもらわなかったら。私は、あんなにムキになって自分のイヤな性格のことを考えたりしなかったと思います。何しろ、私ときたら、観念や抽象よりも至って現実的な人間だからです。

結果としては、あのときの上司の忠告は裏目に出たようです。

考えてみると、あの上司のことばは、今の私を予言していたことになります。

四十を半ば過ぎたというのに結婚もせず、テレビドラマ作家という安定性のない虚業についている私です。

しかも、今なお、これでよし、という満足はなく、もっとどこかに面白いことがあるんじゃないだろうか、私には、もっと別の、なにかがあるのではないだろうか、と、あきらめ悪くジタバタしているのですから。

これは、七、八年前ですが、石川達三さんの作品の中の一節に、こういう意味のことばがありました。正確ではないかも知れませんが、

「現代では、往生際《おうじょうぎわ》の悪い女を悪女という」

名言だなと思いました。

この間、子供の頃のアルバムをみて発見しました。私には、ニッコリ笑った、子供らしい可愛らしい写真は一枚もないのです。

女のくせに、ケンカ腰で写真屋さんをにらみつけているか、ふくれているかのどちらかです。そして、いまだに「何かを探している」ような、据《す》わりの悪い顔をしています。

もしもあのとき、高のぞみでないものねだりの自分のイヤな性格を反省して、ほどほどのしあわせを感謝し、日々平安をうたがわずに生きてきたなら、私は一体、どういう顔で、どういう半生を送ったことでしょうか。

神ならぬ身ですから、これだけは判りません。

しかし、生れ変りでもしない限り、精神の整形手術は無理なのではないでしょうか。

私は、それこそ我ながら一番イヤなところですが、自己愛とうぬぼれの強さから、自身の欠点を直すのがいやさに、ここを精神の分母にしてやれと、居直りました。

そのプラス面を、形の上だけでいえば、ささやかながら、女として自活をしているということでしょう。そして、世間相場からいえば、いまだ定まる夫も子供もなく、死ぬときは一人という身の上です。これを幸福とみるか不幸とみるかは、人さまざまでしょう。私自身、どちらかと聞かれても、答えようがありません。

ただ、これだけはいえます。

自分の気性から考えて、あのとき――二十二歳のあの晩、かりそめに妥協していたら、やはりその私は自分の生き方に不平不満をもったのではないか――。

いまの私にも不満はあります。

年と共に、用心深くずるくなっている自分への腹立ち。

心ははやっても体のついてゆかない苛立ち。

音楽も学びたい、語学もおぼえたい、とお題目にとなえながら、地道な努力をしない怠けものの自分に対する軽蔑――。

そして、貧しい才能のひけ目。

でも、たったひとつ私の財産といえるのは、いまだに「手袋をさがしている」ということなのです。

どんな手袋がほしいのか。

それは私にも判りません。

なにしろ、私ときたら、いまだに、これ一冊あれば無人島にいってもあきない、といえる本にもめぐりあわず、これさえあればほかのレコードはいらないという音も知らず――それは生涯の伴侶《はんりょ》たる男性にもあてはまるのです。

多分私は、ないものねだりをしているのでしょう。一生足を棒にしても手に入らない、これは、ドン・キホーテの風車のようなものでしょう。でも、この頃、私は、この年で、まだ、合う手袋がなく、キョロキョロして、上を見たりまわりを見たりしながら、運命の神さまになるべくゴマをすらず、少しばかりけんか腰で、もう少し、欲しいものをさがして歩く、人生のバタ屋のような生き方を、少し誇りにも思っているのです。

私の書いてきたことは、ひとりよがりの自己弁護だということも判っています。ただ、私は、若い時に、純粋なあまり、あまりムキになって己れを反省するあまり、個性のある枝を――それはしばしば、長所より短所という形であらわれるように思います――矯めてしまうのではないか、ということを、私自身の逆説的自慢バナシを通じて、お話ししてみたかったのです。

若々しい女《ひと》について

冬になるとよく体験することですが、

「あ、いま、風邪ひいたな」

と思うことがあります。

お風呂から出て、薄着でグズグズしていて、気がつくと背筋のあたりがスースーしてくしゃみが出てしまう。「やられた」と思うあの瞬間です。あわてて風邪薬を飲んだりします。

これと同じことが、老いにもいえます。

一日の仕事を終えて、深夜テレビを見ている時、気がつくと、じゅうたんにペタンと坐り、背中を丸め、あごを前に出して、老婆の姿勢をしているのです。

「あ、いま老《ふ》けた……」

と思います。

夕方、買物かごを抱えて買物に出かけます。気の張る人には逢わないだろうと高をくくって、口紅だけの素顔、体をしめつけないだらしのない物を着て、サンダルばきです。こういう時、ふと見ると、ショーウインドーに、私によく似たお婆さんがうつっているのです。ドキンとします。

いま、この瞬間に、年をとったな、と思います。こう書くと、なにか一秒一秒、若々しくあるために、必死に頑張《がんば》っているようですが、そうではないのです。私は女のくせに生れついての物臭《ものぐ》さで、まめにパックやマッサージをするのがおっくうなのです。そうかといって、年よりもうす汚く老け込んでは、公私共に差しさわりがあります。この年で、まだ独身、しかもテレビの台本書きという、若さを必要とする仕事でごはんを頂いているのですから。

外側をかまう代りに、内側から、というと大げさですが、そっちの方でひとつ突っかえ棒をしてみようかな、と思っているのです。

私は、ぼんやりしている時、無意識の表情の積み重ねが、老いのしわや、暗くけわしい表情をつくり、姿勢をつくる、と思っていますので、時々、わが身をふりかえり、警戒警報を出すわけです。

森　光子さん

加藤治子さん

私は、この二人の女優さんとご一緒の仕事が多いのですが、いつも感心しています。とにかく若々しいのです。はっきり書くとおふたりに叱られそうですが、たしか五十五か、六になっておいでの筈です。しかし、確実に十歳は若いでしょう。持って生まれた美しさもあります。しかし、このおふたりは、私が前に書いた、ひとりの時間を、背中を丸めてペタンと坐ったり、だらしない格好で町を歩いたりは、絶対にしないで生きているのだろうと思います。すべてのものに好奇心を持ち、若い人とつきあい、楽しみを持ち、よく笑い、よく涙ぐみ——もしかしたら恋をして、生き生きと生きているに違いありません。

彼女たちは、どんなにくたびれていても、決してシルバー・シートに腰をおろさないでしょう。ゆれる電車で、吊皮《つりかわ》にもつかまらず、体のバランスをとる訓練をしながら、乗り合せた人の表情や窓の外の景色を、ドン欲な目で観察しているでしょう。五年先、十年先も、きっと同じでしょう。

彼女たちは、にっこりと優雅に笑いながらしかし、決して老いにつけ込まれず、老いに席をゆずろうとしないのです。

身のまわりの年よりも若々しくみえる素直な友人たちを見廻して気がつくことは、彼女たちが、みな、悲観論者ではない、ということです。

よき夫よき子供たちにも恵まれているのに物事を悪い方悪い方と考えて、そのせいでしょう、顔つきが暗くけわしくなっている人を知っています。

先のことをくよくよしたところで、なるようにしかならないのです。飢え死にした死骸はころがっていないのですから、みんな何とか生きてゆけるのです。そう考える度胸。これも若々しくあるために必要ではないでしょうか。

ライバルをみつける。

これも効果があります。

あのひとみたいになりたい。

あの人を追い越してやろう。

有名な女優でも、隣りの奥さんでも、誰でもいいのです。具体的なターゲット（標的）をみつけ、それに狙いをつけてやってみるのです。

それと一緒に、

ああなったらお終《しま》いだな。

ああなりたくない。

という、いわば反面教師も、ついでに見つけておけと、昔からいうじゃありませんか。

独りを慎しむ

私が親のうちを出て、ひとりでアパート住まいをはじめたのは、たしか三十三歳のときでした。

勤めていた出版社をやめ、テレビやラジオの脚本を書きはじめていた頃です。局から電話がかかり、スジの説明をするとき、電話は茶の間にあるので、関係とかキス、妊娠などという単語の発音が家族の手前、とてもきまりが悪く、一日も早くうちを出て独立したいと思っていましたから、父と言い争いをした形で家出が出来たときは、正直いってとても嬉しかったのを覚えています。

貯金をはたいてアパートを借り、家具をととのえて入ってみて、私はドキンとすることにぶつかりました。

私は急激にお行儀が悪くなっているのです。ソーセージをいためて、フライパンの中から食べていました。小鍋《こなべ》で煮たひとり分の煮物を鍋のまま食卓に出して、小丼《こどんぶり》にとりわけず箸《はし》をつけていました。

風呂から上って、下着だけつけたところへ電話が鳴り、姿が見えないのをいいことに、そのままの形《なり》で電話に出て、更に電話を切ったあと、熱い、汗を出してからというのを口実に、下着姿で部屋の中を歩き廻り、ついでに小さな用を足していました。

坐る形も行儀が悪くなっているのが自分で判りました。立ち居振舞は、うちにいるときにくらべて、あきらかに寝穢《いぎたな》くなっていました。

行儀には人一倍にうるさい父の目がなくなって、家族の視線がなくなって、私はいっぺんにタガがゆるんでしまったのです。

自由を満喫しながら、これは大変だぞ、大変なことになるぞ、と思いました。

「転がる石はどこまでも」。こういうことわざがあるそうです。

ローリング・ストーンズというとカッコいいのですが、とても恐ろしい意味があります。

いったん、セキを切ったら水がドウッと流れ出し、一度転げ落ちたら、水は、石は、どこまでも落ちてゆくのです。そして、それは、ある程度力をつけたら、もう人間の力では、とめようがなくなるのです。

お行儀も同じです。

フライパンから食べるソーセージは、次には買ってきたお菓子を袋から破いて、小皿にとりわけずに食べているでしょう。海苔《のり》の佃煮《つくだに》の小びんに直箸《じかばし》を突っこみ、次に箸を入れようとしたとき、中から白いご飯粒がのぞいたりするのです。

ぞっとしました。

これは、お行儀だけのことではないな、と思いました。

精神の問題だ、と思ったのです。

私は、自分の中にこういう要素があることを知っていました。

人が見ていないと、してはいけないことをしようとしてしまう癖です。

誰も見ていないと、ゴミを捨ててはいけないところで、紙クズをほうってしまうのです。

車の運転免許をとることを途中でやめたのは、友人が車で悲惨な事故死をしたこともありますが、私の中に、人が見ていないとスピードを出す癖があるのを知ったからなのです。

自由は、いいものです。

ひとりで暮らすのは、すばらしいものです。

でも、とても恐ろしい、目に見えない落し穴がポッカリと口をあけています。

それは、行儀の悪さと自堕落《じだらく》です。

自由と自堕落を、一緒にして、間違っているかたもいるのではないかと思われるくらい、これは裏表であり、紙一重のところもあるのです。

「独《ひと》りを慎しむ」

このことばを知ったのは、その頃でした。言葉としては、前から知っていたのですが、自分が転がりかけた石だったので、はじめて知ったことばのように、心に沁《し》みたのでしょう。

誰が見ていなくても、独りでいても、慎しむべきものは慎しまなくてはいけないのです。

ああ、あんなことを言ってしまった、してしまった。

誰も見ていなかった、誰もが気がつきはしなかったけれど、何と恥ずかしいことをしたのか。闇の中でひとり顔をあからめる気持を失《な》くしたら、どんなにいいドレスを着て教養があっても、人間としては失格でしょう。

「独りを慎しむ」、これは、人様に対していっているのではありません。

独立して十七年になりながら、いまだになかなか実行出来ないでいる自分に向って、意見していることばなのです。

わたしと職業

ついこの間、四国の高松から女性の声で長距離電話があった。

「あなたは、三十五年前に高松の四番丁小学校にいた向田さんですか」

六年生の時に一年間しかいなかったが、まさしくお世話になったことがある。「ハイ」と答えたら、

「やっぱりそうなの。実は、テレビを見て、ひょっとしたら、あの時の向田さんじゃないかって同窓会で噂《うわさ》になったんだけど、受持の田中先生が、そんな筈はない。わたしの知っている向田邦子は、駈けっこの早い女の子だった、とおっしゃってきかないのよ」

というのである。

父の転勤の関係で、七回だか八回、転校している。クラスメートの数もいちいち覚え切れ

ないが、相手も電話口でおかしそうに笑っていた。

子供の頃から、体を動かすことが好きだったし、得手《えて》でもあった。明るいうちは、運動場でバレーボールをしたり陸上の練習。暗くなると、父の蔵書を読みふける女の子だった。将来、物を書いて暮しをたてようなど、考えたこともなかった。専攻は国文学だったが、友人達が、同人雑誌のと騒いでいる時も、私はバレーとアルバイトで、顔を真黒にしていた。

教室よりも運動場の好きな女の子が、物を書くようになった動機は、恥ずかしながらお金のためである。

学校を出てから、私は、ある出版社に勤め、映画雑誌の編集の仕事をしていたが、なんとも月給が安いのである。当時、私はスキーに凝っていた。冬になると、お小遣いが足りなくなる。そんなときに、

「テレビの脚本を一本書くと一日スキーにゆけるよ」

と、番組を紹介されたのである。

スキーにゆきたさに見よう見真似で書いた一本が、多分、脚本がなかったのだろう。採用されたのだ。生れて初めて頂いた原稿料で、私は蔵王《ざおう》に出かけた。帰ってきてもう一本書いて白馬へ――。

私は、至って現実的な人間で、高邁《こうまい》な理想より何より、毎日が面白くなくては嫌なタチである。勤めはじめて七年目。ぼつぼつ仕事に馴《な》れてあきて、スキーでうさばらしをしていたのだが、その資金かせぎで始めたアルバイトが段々と面白くなってしまったのだ。

結局、ミイラ取りがミイラになる形で、三年間の兼業ののち会社をやめて、ペン一本で食べることにしたわけである。

これとて、なにも、後世に残る名作を書こうとか、テレビ界に新風を吹き込んでやるぞ、といった御大層な気持は全くない。ただただ、私にとっては、未知の世界であり、好奇心をそそるなにかがありそうな気がしたからである。

途中、週刊誌のルポライターやラジオなど、寄り道もしたが、八年前からテレビだけに切りかえて、かれこれ五百本に近いドラマを書いてきた。

こう書くと、水すましのように、スイスイきたようだが、世間様はそんなに甘くない。極楽とんぼの私でも、ああ、困ったな、と思うことも何度かあった。

そういう時、私は、少し無理をしてでも、自分の仕事を面白いと思うようにしてきたような気がする。

女が職業を持つ場合、義務だけで働くと、楽しんでいないと、顔つきがけわしくなる。態度にケンが出る。

どんな小さなことでもいい。毎日何かしら発見をし、「へえ、なるほどなあ」と感心をして面白がって働くと、努力も楽しみのほうに組み込むことが出来るように思うからだ。私のような怠《なま》けものには、これしか「て」がない。

私は身近かな友人たちに、

「顔つきや目つきがキックなったら正直に言ってね」

と頼んでいる。とは言うものの、この年で転業はなかなかむつかしい。だから、私は、一日一善ではないが、一日に一つ、自分で面白いことをみつけて、それを気持のよりどころにして、真剣半分、面白半分でテレビの脚本を書いているのである。

小説　胡桃の部屋

結婚式は無事に終った。

我ながらよくやった、と賞《ほ》めてやりたかった、といっても、花嫁は桃子ではない。桃子の同僚のリエである。桃子のひとつ下だから二十九歳の花嫁だった。桃子の演《や》ったのは、花嫁の親友という役どころなのだ。自慢じゃないが演りつけている役なので馴《な》れているつもりだが、今日のは少しこたえた。もしかしたら、花嫁の席に坐るのは桃子かも知れなかったからである。

「新郎の関口さんは、私たちの編集部ではいつも二番手でした。でも私たち女の子には一番人気でした。二流の大学を出た次男坊というのが、肩が張らなくてちょうどいいのです。美男子でない、というところも、女に自信を持たせてくれました。新人の女子社員は若さで、親がよくて土地や家のある女の子は固定資産で、私のような売れ残りは実《じっ》で迫りました。自分でいうのもなんですけど、私はかなりいい線を行っていたと思います。そうなんです。あの晩残業の帰りに、酔っぱらった関口さんがラブホテルの前で私の手をギュッと握ったとき『ウワァ、凄《すご》い握力!』なんて茶化さなかったら、今日は私が白いベールをかぶって花嫁の席に……」

とスピーチしたら、披露宴の席はどんなことになるか、思っただけでからだがカッと熱くなってくるが、勿論《もちろん》これは昨夜スピーチの稽古《けいこ》をする前に、頭のなかで呟《つぶや》いてみただけである。

実際の桃子は、去年の暮にスーパーの福引で当った三分の砂時計を使って練習した、新郎新婦の何よりの理解者という感じのスピーチを精いっぱい嬉しそうにしゃべって、ちょっとした拍手をいただいた。嬉しそうにしゃべっているうちに、本当にそんな気持になってしまい、感動で語尾が震えてしまった。この辺が桃子のおかしなところであろう。

花嫁は泣いた目をしていた。もう一息で三十の大台というところでゴールインできたのだから、三三九度のとき涙をこぼしたのだろうと思った向きが多いらしいが、それは深読みというもので、実は化粧室でちょっとした騒動があったのである。

お色直しに貸衣裳だが打掛《うちかけ》を着る。だから結髪とかつらだけはホテルの美粧室で頼むことにしたが、化粧はプロの手を借りずに自分ですることにしていた。すすめたのは桃子である。花嫁のリエは不服そうであった。

「メイクの料金、たったの千円よ。一生に一度だもの、あたし頼みたいな」

「一生に一度だから、自分ですべきよ。他人にやってもらうと、別な顔になっちゃうから」

なになにすべき、というのは桃子の口癖である。

「そうかなあ」

「あなたの顔はあなたが一番よく知ってるのよ。三十年つき合った顔を、一番大事な日に他人にまかせることないじゃない」

「二十九年よ、あたしは」

「どっちにしても、結婚式場のCMに出てくるような十把《じっぱ》ひとからげのお嫁さんになってもいいの。あたしだったら絶対に嫌だな」

ひとの世話をやいているうちに、自分が当事者のような気になり、強引に押し切るのも桃子のやり方なのだ。

女の身内のないリエのために、当日桃子は朝早くから付きっきりで世話をやいたのだが、美粧室で、首の廻りに白布を巻きパタパタポンポンやっていたリエが、アッと叫んで、片手を阿波踊りのようにくるりと引っくり返してみせた。

「大変だ。忘れちゃった」

まつ毛をカールさせる器具を忘れたというのである。

桃子はフフと笑いながら、自分のバッグからその器具を出して、鏡台の前に置いてやった。

「こういうことがあるんじゃないかと思って持ってきたのよ。役に立ってよかった」

リエは、真白い羊のような顔で、桃子を見つめた。

「あんたには何から何までお世話になったわねえ」

「いいから早くしなさいよ」

口を半分開け、鏡に顔をくっつけるようにして、まつ毛をカールさせていたリエが、またアッと叫んだ。今度のアッは前のより深刻である。

リエのまつ毛は、片目分そっくり無くなっていた。桃子の貸したまつ毛カーラーにくっついて取れてしまったのである。まつ毛を巻き込む部分のゴムが、古くなったせいか酸化してベタベタしていた。入念にギュッと巻いたときにくっついてしまったらしい。

「どうしよう。こんな顔じゃ出られないわ」

鏡台に泣き伏したリエの背中を桃子はドンと叩いた。

「あたし、謝らないからね。謝ってる閑《ひま》に、地下のアーケードへいってつけまつ毛、買ってくる」

美粧室を飛び出しながら、男ならこういうとき、「ざまあみろ」と言ってるところだなと思った。やっぱり神様はおいでになるのだ。ひとの物を横盗りした人間には、罰をお与えになっている。

だが、こんな気持は一瞬のことで、あとは全力で駆け出した。

桃子は、つけまつ毛に右と左があることを初めて知った。桃子もリエも、化粧はアッサリしているほうなので、つけ方がよく判らない。結局、美粧室のメイク係の世話になってしまった。

「おっしゃっていただけば、つけまつ毛、うちのほうにありましたのに」

と言われたりして、結局桃子は祝儀袋に千円包んで渡す破目になってしまった。

桃子はいつもこうである。

ひとのために、しなくてもいい世話をやく。一所懸命やり過ぎて裏目に出る。その分を更に引き被ったりするから損ばかりしている。現に、つけまつげの代金千八百円も桃子の持ち出しである。

「ねえ、夜、大丈夫かな」

「え?」

「つけまつ毛、取れないかしら」

「特殊な糊だから大丈夫じゃないかな。それとも、もう夫婦なんだから、正直に白状しちゃったほうが、あとあとのためにはいいかも知れないわよ」

そのくらい自分で考えなさいと答えればいいものを、大真面目に夜の部の相談にまでのっているのだ。

考えれば阿呆らしいはなしだが、ともかく気持の奥にかくしているものを見すかされることなく、東京駅で新婚旅行に出発する新郎新婦を万歳で見送ることが出来た。

編集部の連中は、これからカラオケバーへ繰り出すらしい。

「あたしは失礼するわ。寄るところあるから」

わざと声を落して、さりげなく言うのがコツである。

「また鶯谷《うぐいすだに》ですか」

「結婚式のあとは恋人のとこへ寄りたくなるものですか」

イエスもノーも言わず、意味をもたせて目だけで笑って別れるやり方も、此《こ》の頃《ごろ》覚えた。

そんなわけで、桃子はいま、鶯谷駅のホームに坐っている。

やり切れない気持になったとき、張りつめていた糸がプツンと切れそうになったとき、桃子は鶯谷駅のベンチに坐りにくる。

恋人なんて居るわけがない。

居るのは、歩いて十分ほどのところに、若い女と一緒に住んでいる父親である。

桃子の父親がうちを出たのは三年前である。

中どころの薬品会社につとめ、堅物で通っていた父である。母親、桃子の弟と妹。家族五人、贅沢《ぜいたく》の味は知らなかったが、暮しに不自由することはなかった。

ところがある日、いつものように出勤したきり、父親は帰ってこなかった。徹夜マージャンや外泊などする人間ではなかった。事故を心配して、次の日勤め先へ電話した母親は、一月も前に会社が倒産していたことを知らされた。

「お父さん、弱味見せない人だったから。宿酔《ふつかよい》でも口を押えて会社へ行く人だったから。会社潰《つぶ》れたって言いにくかったのかねえ」

「お母さんがいけないのよ。二言目にはお父さんを見なさいって、奉《たてまつ》るんだもの。お父さん、あとに退《ひ》けなくなっちゃったのよ」

母娘喧嘩をしてみても、あとの祭りであった。

父親からは、三月たってもウンともスンとも言ってこなかった。母親は毎日少しずつ痩《や》せていった。思いあぐねた桃子は、父の部下だった都築をたずねた。

「自殺も考えられるし、やっぱり捜索願を出したほうがいいんじゃないでしょうか」

流行《はや》らない喫茶店だった。

冷えたコーヒーには膜が張っていた。

父親よりひと廻り下だから、もうすぐ四十の都築は、立てつづけに煙草をふかしてから、

「三田村部長は生きてますすよ」

言い難《にく》そうに呟いた。

鶯谷のゴミゴミした露地奥のアパートに住んでいるという。

どうしてそんなところに――叫びかけた桃子の口を封じるように、都築は煙草の輪と一緒にもう一度呟いた。

「ひとりじゃないんですよ」

都築のうしろに、ルノワールの絵が懸っていた。安物の複製だった。ころころに肥った胸許をはだけた若い女が、ぼんやりとした顔でこっちを見ていた。額がすこし曲っている。

「年は三十五、六かな。おでん屋といっても屋台に毛の生えたような代物らしいんですがね、そこのママをしている人だそうですよ」

ルノワールは、たしか女中を奥さんにした人だ。このモデルがその人かしら。頭のてっぺんの薄くなった初老の画家が女中部屋に夜這いにゆく図柄がチラチラした。老画家の顔が、父親そっくりになっている。

桃子はそのアパートに連れて行って欲しいと頼んだ。

「行かないほうがいいと思うなあ。男には面子《メンツ》というものがある。三田村部長は人一倍、それの強い人だし。表沙汰にしないで、時を待つほうが利口《りこう》じゃないですか」

アパートの場所を知って置くだけだから。絶対に中へ入らないから、と桃子は食い下った。

「お父さん、血圧高いほうだし、万万一のとき、死に目ぐらいには逢いたいわ」

仕方がない、という顔で都築は伝票に手を伸した。

かなり年代物の木造モルタルアパートの前に立ったときは、もう日が暮れていた。玄関に小学校のような大きな下駄箱があり、土間には子供の運動靴やサンダルが散乱している。

さあ、行きましょう、という風に肩を叩く都築の手を振り払って、建物横手の人一人やっと通れるほどの空地へ歩き出そうとしたとき、取っつきの部屋のガラス窓があいた。

男の手首が伸びて、窓に干してあった女物のブラジャーと下穿《ば》きを取り込んでいる。

「お父さん」

目隠しの板で顔は見えないのだから、あのときどうしてこう言ったのか、自分でも判らない。

下着を引っぱり込んで、ガラス窓は音を立てて閉った。

「ごめん下さい。ごめん下さい」

大きな声で叫び、目隠しの板を叩いている桃子を、都築は引っぺがすようにして言った。

「今日は帰ろう」

桃子は都築の胸に飛びつくと、おでこをもむようにして荒い息を鎮めた。帰りに振り返ったら、ガラス窓の内側には色の褪《さ》めたカーテンが引かれていた。

一朝事《いっちょうこと》ある場合、桃子は必要以上に張り切るところがあった。その気《け》はあったのだが、その晩から更に拍車がかかった。「戦闘態勢ニ入レリ」という実感があった。


目黒駅を降りると、桃子はうちへ公衆電話をかけた。

受話器を取ったのは、中学三年の妹陽子だった。

「晩ご飯食べちゃった?」

「お姉ちゃん待ってたんだけど、おなか空《す》いたから、いま食べようって言ってたとこ」

「よかった。とっても嬉しいことがあったから、お姉ちゃん、鰻《うなぎ》おごるから、待っててよ」

「嬉しいことってなによ」

「食べながら話す」

父親が食卓に並ばなくなってから、食べるものは目に見えて粗末になっていた。鰻重など久しぶりのことである。

「月給でも上ったのかい」

母親は、お母さんはいいのに、勿体《もったい》ない、と言いながら、それでものろのろと口を動かし、大学二浪の弟研太郎は泡くって掻《か》き込んだものだから、つっかえたりしている。妹が、

「なんだか気味悪いなあ、夜中に一家心中なんていうの、やだからね」

とおどけたところで、桃子はわざと陽気に切り出した。

「お父さん、元気だったのよ」

みなの箸《はし》が止った。

「仕事見つかったら、帰ってくるつもりじゃないかな」

母親が鰻重を下に置いた。

「どこに居るの」

「下町のほう」

「下町ったって」

「お父さん、ひとりじゃないんだって」

盛大に口を動かしながら、桃子はくくくと笑ってみせた。

「女のひとと一緒にいるらしいのよ。お父さん、今まで脇目もふらず、まっすぐ一本道歩いてきたでしょ。会社潰れたんで、びっくりしてヒョイと横丁へ曲っちゃったのね。挫折した

とき、浮気やなんかしてる人のほうが抵抗力あるわね。うちのお父さん、免疫がないから」

桃子は会話が跡切《とぎ》れて、空白が出来たときの母親が心配であった。

生真面目で、これといった趣味もなく家計を切り盛りして、夫に尽し、子供を育て上げることだけで更年期を迎えようとしている母親は、それでなくても愚痴っぽく情緒不安定であった。

女のひとは小さなおでん屋のママさんであること。お父さんはおでんが好きだったから、よろめいたかな、とふざけたりしながら、桃子は、母親の鰻重を覗いていた。

鰻は母の一番の好物である。残らず食べてくれれば、あとは大丈夫だ。なんとか切り抜けてゆけるだろう。

「お母さんも頭にくるだろうけど、お父さんに休暇やったと思って。乗り込もう、なんて思ったら負けだから。みんなで元気出して、待とうじゃないの」

あとから考えれば小賢《こざか》しい言い草としか言えないが、そのときは真剣だった。

「お番茶でいいかい」

母親がポツンと言った。普段の声である。

鰻重はカラになっていた。

「あれ？　鰻にお番茶はいけないんじゃなかったかな」

「馬鹿だねえ、鰻に梅干だよ。食べ合わせは」

笑った母親が、急に立って台所へかけ込んだ。

えずく声に桃子が立ってゆくと、母親は流しにつかまって喘《あえ》いでいた。食べたものは綺麗にもどしていた。

「なにも研太郎や陽子の前で言うことないじゃないか」

口許からヨダレの糸を引きながら、母親が桃子をにらんだ。桃子は、母親が上三白眼だったことにはじめて気がついた。

「ごめんね。いつかは判ることだと思って」

お母さんにだけ言うのは判っていたけれど、そうするとどうしても話が深刻になり陰気になる。逆上して、お前、そこの場所知っているんだろう、さあすぐ連れていっておくれ、ということになりかねない。かえっていけないと思ったのよ。これからは、嫌なことはわざと大きな声で面白そうに言うからね。そうしないと、切り抜けてゆけないと思うのよ――そんな気持をこめて母親の背中をさすってやった。

桃子の手を振りはらうようにして、母親が呟いた。

「お母さん、一所懸命尽したと思うけどねえ、お父さん、何が不服だったんだろう」

その一所懸命がいけなかったんじゃないの、と言いたかった。

「このうちには、ユーモアの判らん人間がいるなあ」

いつだったか、夕食の席で、父親がこう言ったことがあった。

そう言った父親が、およそユーモアとは縁のない面白くもおかしくもない人間だから、桃子はおかしくなったが、台所から醬油《しょうゆ》つぎを持って入ってきた母親は、聞き捨てにならないという感じで、ムキになった。

「お父さん、それ、あたしのことですか」

「なにもお前だって言ってやしないよ」

「じゃあ誰なんですか」

「まあいいじゃないか」

「よくありませんよ。ハッキリ言ってくださいな」

「くどいな。そういうのをユーモアがないっていうんだ」

はた目から見れば、これもユーモアの一種だろうが、失意の父がうちへ帰るのがうとましくなった理由はこの辺にあるのかも知れないという気がした。

母親は行き届いた女だった。整理整頓が好きで、いつ、誰にどこの抽斗《ひきだし》をあけられても恥かしくない、といっていた。家計簿も一円の間違いなくつけるが、日常茶飯でも、曖昧《あいまい》を嫌がり、ハッキリ黒白をつけないと気が済まないというところがあった。着物の着つけなども、衿元《えりもと》をゆったり着ることが出来ず、キュッと詰めて着ていた。

父と一緒に暮していたおでん屋のママというひとは、喫茶店で見たルノワールの絵ではないが、衿元のしどけない、だらしのない女ではないかと思った。

茶の間には、不安そうな弟と妹の顔があった。

母親が、もう一度、切なそうな声でえずいた。その骨張った背中をさすりながら、桃子は自分のなかのいろいろなものを諦めた。もう一息何とかすれば実りそうな恋。女らしいお洒落《しゃれ》。決算のときの帳簿のように、この日で赤い線を引こう。

弟を大学にやらなくてはならない。夜学というハンデに苦しんだ父親を見ていたから、研太郎だけは石にかじりついても昼間の大学を出してやろう。陽子にも、お金の苦労をさせずに高校生活を送らせたい。

大丈夫、お姉ちゃんがついてる。桃子はすこしおどけて、ゴリラのボスのように、ドンドンと自分の胸を叩いてみせた。

しあわせは歩いてこない
だから歩いてゆくんだね

桃子は、それまで水前寺清子などハナも引っかけなかった。衣裳も歌い方も泥くさいと馬鹿にしていた。

だが、すぐにも社宅を出なくてはならない。公団住宅の申し込み、ハズレたので安いアパート探し、印鑑証明を取りにゆく、などというときに、ドビュッシイや井上陽水では、どうにも威勢がよくないのだ。

踵《かかと》のペチャンコな靴にはき替え、胸を張って勇ましく歩くときには、水前寺清子が一番いいことが判ったのである。

一日一歩三日で三歩
三歩進んで二歩さがる

……………………


その通りの三年間だった。

獅子奮迅《ふんじん》と猪突猛進。ライオンと猪を一日置きにやっていた。

桃子は職場にも父の家出を言わなかった。

前よりも笑い上戸《じょうご》になった。

よく笑いキビキビと働く桃子に対して、編集部の連中は、

「なにかいいことでもあるんじゃないの」

と噂した。

泊りがけでスキーや海水浴にゆく場合も、桃子だけゆかなかった。

「あたしはちょっと……」

意味深長な含み笑いをして、チョコレートなどを差し入れて仲間に入らないのである。これも、

「三田村さんはつき合ってる人がいるらしい」

という噂になってはね返った。

恋人のいる女の子は、親に対しては会社の旅行と称して、二人だけの別のところでスキーや海水浴をしてくるものである。

だが、これは桃子のささやかな虚栄心でありプライドであった。

毛玉の出た古いセーターを着るときは楽しそうに笑って着たほうが惨《みじ》めでなかったからだ。

少しでもおかしいものをみつけたら、笑えるときに笑っておきたいと思ったから。笑って自分をはげましたいと思ったからである。

思わせぶりに笑って旅行にゆかなかったのは、費用が惜しかったからだ。遊ぶ暇があったら、母親の手伝いをして、洋裁の内職の裾かがりをしたほうがいい。

すべてが八方ふさがりであった。

いつまで待っても、父親は帰ってこなかった。

桃子は、勤めから帰ってアパートの窓が見えてくると、自分たちの部屋だけ明りが暗いように思えた。ドアの前で大きく深呼吸をして、

「ただいまァ」

勢いよくなかへ入った。

甘いものの好きな母のために、安いケーキや甘栗の包みを提げて帰ることもあった。いい知らせを持って帰れない代りに、温かいものか甘いものを抱えて帰りたかった。口を動かしているときだけは、母親の愚痴を聞かずに済んだ。食べもので口封じをしたせいでもないだろうが、母親はよく食べるようになった。

どちらかといえば食の細いほうだったのが、

「口惜しい」

といっては冷蔵庫をあけ、

「もうお父さんなんか帰ってこなくてもいいよ」

夜中にビールの小びんをあけるようになった。一年もたつと、

「此《こ》の頃《ごろ》の帯は短くなったねえ」

というようになったが、帯が短くなったのではない。母親が肥ったのである。

弟の研太郎は、母のミシンの音を耳栓で防ぎながら受験勉強にはげみ、二流ながら大学の

工学部に合格した。

物理化学のほかは、全く物知らずな人間である。公魚《わかさぎ》のつけ焼きを食べていて、

「え？　これ公魚っていうのか」

びっくりしている。

「おれ、ワカサギっていうから、鷺《さぎ》の若いのかと思ってた」

と言う。

「今までにだってこれ食べたことあったじゃないの」

「シラスのでかくなったのだとばかり思ってた」

という具合で、男と女の機微など相談するだけ無駄だった。

講義をやりくりしてアルバイトにはげみ、姉を助けようという気働きもない代り、学生運動だの女の子とのつき合いで曲ったりしないのが取柄である。

妹の陽子も頼りにならなかった。やっと高校生の女の子だから仕方がないが、頼りにならない以上に、この妹には目の離せないところがあった。

出来損《できそこな》いといってしまうと身も蓋《ふた》もないが、すこし足りるんだところがある。欲しいとなると見境いがなくて、子供の時分、よく菓子屋の店頭のアイスクリーム・ボックスから、二つ三つ取り出してはうちへ持ってくる。母親が金を持って謝りにいった。金魚屋のあとについ

て行ってしまい、警察沙汰になったこともあった。学校の成績も群を抜いて悪かった。

「貰《もら》ってくれる人があったら誰でもいい。間違いを犯さないうちにお嫁にやらないと」

父親も母親もそう言っていた。

この妹に対してお手本となるためにも、桃子は品行方正であらねばならなかった。

桃子にとってたったひとつの息抜きは、父のことを聞くために都築と逢うことであった。


「鶯谷はどういうつもりなのかしら」

はじめの一年はお父さんと言っていた。次の一年は、あの人になり、三年目に入って、鶯谷と呼ぶようになっている。

「鶯谷ねえ」

都築のほうも、もう三田村部長とは呼ばなくなっていた。半年ほどは失業していたが、外資系の製薬会社に職をみつけ、暮しのほうも安定しているらしい。桃子が父のことを切り出すと、いつも煙草を出して火をつける。

「桃太郎がついてるから、大丈夫だと思っているんじゃないかな」

桃子のことを、父はよく桃太郎と言っていた。この子が男だったら、という気持も入っていたかも知れない。

「ずい分ヒネた桃太郎……」

「本当に桃太郎だよなあ。犬、猿、キジをお供に連れて、よく頑張ったよ」

「白い鉢巻しめて――ね」

「よくやったなあ。偉いよ」

都築にほめられると、胸の奥が白湯《さゆ》でも飲んだようにあったかくなる。

「なにもかもおっぽり出して、一《いち》抜けた、って言いたくなるとき、あるだろ」

「押すだけ」とかいう魔法びんがあるそうだが、都築がまさにそれであった。ちょっとしたねぎらいのひとことで、他愛なく熱いものが上にあがってくるのである。

都築からは、月末になると、必ず編集部に電話がかかって来た。

「今晩あいてるかな。もし都合よかったら、例の件で相談しましょう」

電話口のことばも、いつも同じであった。

例の件というのは、父親のことだが、本当に相談が必要だったのは、一年目までである。

父親のアパートは、都築と相談で、桃子も知らないことにしてあったのだが、母親がどうしても教えてもらいたいと都築の新しい勤め先に乗り込んだり、はじめの一年の間にはかなり昂《たか》ぶった一幕もあった。桃子自身も、母親とは別に、父と二人だけで話したいと、仲介を都築に頼んだが、いずれも不成功に終った。

「合わす顔がない」

「申しわけないが死んだと思ってくれ」

二つの答が都築を通じて交互に返ってくるだけだった。

家族に乗り込まれるのをおそれるのなら、住まいを替えればよさそうなものだが、父は鶯谷の最初のアパートを動かなかった。一緒に暮している女のやっているおでん屋がすぐ近所にあるらしい。

あれは父が家を出て半年目だったろうか。

今日こそ直談判しようと、桃子は都築にも内緒で鶯谷へ出かけたことがある。

夕方近くだったが、駅前の大通りを曲ろうとしたところで、父と出逢ってしまった。

父は小さなスーパーから、買物かごを抱えて出てきたところだった。

棒立ちになった桃子の鼻先で、ジャンパー姿の父も立ちすくんだ。古びて飴色《あめいろ》になった籐《とう》の買物かごからは、葱《ねぎ》やトイレットペーパーがはみ出していた。

うちにいたときは、下着ひとつ自分で買ったことのない父だった。桃子は飛びついて、買物かごを引ったくろうとした。

「あたしが持つから」

父は渡さなかった。目だけは泣き出しそうだったが、ムッとした顔をして、凄い力でかごを抱き込むと、桃子を振り切り、赤信号に変りかけているのを無視して、横断歩道を向う側へ走った。通りの真中に、サンダルを片方落したが、取りにもどってはこなかった。

サンダルはヘップ履《ば》きと呼ばれる臙脂《えんじ》色の女物だった。

二台目か三台目の車の腹の下に吸い込まれるのを見とどけて、桃子はそのまま歩き出した。

鶯谷の駅前から、都築の勤め先に電話をして呼び出した。桃子のほうから電話をしたのは、あとにも先にもこれ一回である。

その晩、はじめて都築と二人で酒を飲んだ。

それまでは、喫茶店でコーヒーだったが、その晩からは、食事と酒を都築がおごるのが習慣になった。酒だけではない。都築の前で涙を見せたのも、その晩がはじめてだった。

「お父さん、仕事はしてないのかしら」

「消火器の会社に勤めたんだが、それがどうもインチキらしくてねえ」

女の世話になっている、ということなのであろう。

桃子は、もう父は帰ってこないだろうと思った。娘にあんな姿を見られたからには、からだでも駄目にならない限り、もどることはあり得ない。

「あたし、間違ったことしたのかしら」

「そんなことはない。桃子さん、いつも正しいよ」

「でも、なんか逆、逆へいってしまうなあ、あたしのすることは」

都築が笑い、つられて桃子も笑った。笑いながら、背中を丸めてミシンを踏んでいる母の姿を思い、お天気雨のように大粒の涙をこぼしてしまった。

一度弱いところを見られてしまうと、道がつくというのか、あとは涙を見せることもさほど恥かしいと思わなくなった。月に一度逢って、ちょっと涙ぐんだりすることが楽しみになってきた。

都築の前に坐ると、気持が柔かくなっているのが判った。固く鎧《よろ》っているものを脱ぎ捨てていた。負けいくさを覚悟で砦《とりで》を守っている健気《けなげ》な部隊長の役も、役に立たない犬、猿、キジを連れて鬼退治に向っている桃太郎もお休みにして、意気地のない嫁《い》きおくれの女の子にもどることができた。

「好きなものをお上り」

月給のほとんどを家計費にしていることを知って、都築はいつもおいしいものをご馳走してくれた。

「元気でいるらしいよ。まあ、ここまできたら静観するんだな」

桃子がうなずいて、「相談」はこれでおしまいである。

「こないだのはなし、どうした？　翻訳やってるなんとかって男に、誘われたってはなし」

「あ、あれはもういいの、あたしよか彼にピッタリの女の子いたから、紹介したわ。ちょうど試合の切符二枚手に入ったから、そっちへ廻しちゃった」

「なんだ。またポン引きやってるのか」

「そのほうが気が楽なんだもの。あたし、そっちのほうの才能、あるみたいよ。これ、と目星つけてあてがうと、途中でこじれても大抵うまくまとまるみたい」

都築は黙って桃子のグラスにビールをついだ。

この人にはみんなみられている、自分の引きずっている係累の重さ、それが原因で土壇場になって惨めな思いをするくらいなら、はじめからオリたほうがいっそ気持がいい。そう言いきかせて、サバサバ振舞っているうちに、習い性となってしまった。

「桃子さんは中途半端だからいけないんだ」

「どういう意味ですか」

「絶世の美人なら、どんなに桃ちゃんが逃げたって、人殺ししたおやじさんがついてたって男は追っかけてくる」

「そりゃそうだ」

「どうしようもない不美人なら、もっと謙虚にいい加減のところで下手《したで》に出て手を打ってる。桃ちゃんは十人並みだから、一番始末が悪いなあ」

図星だったから、桃子も大きな口をあけて笑ってしまった。

十人並みといえば都築もそのくちであった。

見かけも才能も懐《ふとこ》ろ具合も、どれをとっても中の中に思われた。

「都築さんて、あだ名はないんですか」

「ないねえ、子供のときから」

「なんだかつまんない」

「あだ名のある人間のほうが少ないよ。ラッシュの電車にのって見廻してごらん、あだ名のなさそうなサラリーマンが、吊皮にぶら下ってゆられてるから」

「そういえば、うちの――」

お父さんと言いかけて、桃子は言い直した。

「家族もあだ名はないみたい」

都築にビールをつぎながら、サラリとたずねた。

「都築さんの奥さん、あだ名ある？」

「あれもないなあ」

あだ名のない普通の妻に、あだ名のない普通の二人の子供。普通の建売住宅。三年の間に都築がポツリポツリとしゃべった内容をつなぎ合わせると、およその見当はついていた。

「あだ名のあるのは、桃ちゃんだけだよ」

「桃太郎か」

「だんだん似合ってきたみたいだなあ」

その通りだなと思う。

「仕方ないわ。だってあたし、ご飯のとき、お父さんが坐っていた席で食べてるんですもの」


いつ頃からそうだったのか、いまは思い出せないのだが、丸い食卓で父のところだけポツンとあいているのが嫌で、ごく自然に間を詰めているうちに、桃子が父の席に坐るようになっていた。

ご飯をよそう順番も、桃子が一番先になった。大小にかかわらず、何か決めるときは、みながが自然に桃子の目を見た。

台風接近のニュースを聞くと、

「懐中電灯の電池、入れ替えときなさいよ」

と母に命令した。

冠婚葬祭に包む金額を決めるのも桃子だった。弟や妹だけでなく、母親にまで意見をするようになった。

「メソメソしたって、帰ってこないものは帰ってこないの。そんな閑があったら、眠るか働くかすること！」

なになにすること！　というのは、出ていった父の癖である。

弟の研太郎が大学に合格したとき、桃子は弟だけに夕食をおごった。

社用で一回行ったことのある豪華なステーキ・ハウスへ連れていった。自分はサラダだけにして、弟には分厚いステーキをとって祝盃を上げ、仕上げにバーを一軒おごるつもりでいた。

家族全員となると懐ろがたまらないが、こういう場合、昔の父親のやりそうなことをしてやらないと可哀相《かわいそう》な気がしたからである。

ところが、研太郎はステーキは食べたくないという。

「おれ、胃の調子が悪いから、ハンバーグがいいな」

頑《がん》としてゆずらない。ハンバーグなら、なにもこんな高い店へくることはなかったのに、と中っ腹になっているところへ、肉の皿が来た。

ハンバーグに目玉焼が添えられている。

不意に、デパートの食堂で見た情景を思い出した。

若い工員風の父親と、中学生の息子がハンバーグを食べていたのだが、皿が運ばれてくると、父親は自分の分の目玉焼の、黄身のところを四角く切って、息子の皿に移したのだ。

「あれが父親の姿なんだわ」

桃子は、あの父親と同じように黄身のところを四角く切り、研太郎の皿にのせた。研太郎はびっくりして姉の顔を見ていたが、うるんできた目を見られないように、あわてて下を向いて、あのときの少年と同じように、黙って二つ分の黄身を食べはじめた。

父親の役をやっているせいか、桃子は玄関のまん中に靴をおっぽり出して脱ぐようになった。歩くとき、外股《そとまた》になったような気がする。

都築にそれを言うと、声を立てて笑った。

「内股の桃太郎なんて聞いたことないなあ」

「気持が悪い……」

大きく笑ったはずみに、肩が触れ合った。酒が入っていたせいか、都築も桃子も、あわててからだを引くことをしなかった。

その晩、珍しく酔った都築は「桃太郎」の歌を歌ってくれた。祖母がよく歌っていたという昔の小学唱歌である。

桃太郎さん、桃太郎さん
お腰につけた黍団子《きびだんご》
ひとつわたしにくださいな
都築はバーのカウンターに置いた桃子の手の甲を、軽く叩いて調子をとりながら歌った。
くださいな、というところで、手を重ね、しばらくそのままにしていた。
桃子は、そっと手を引こうとした。
都築は二番に移った。
やりましょう、やりましょう
これから鬼の征伐に
ついてゆくならやりましょう
歌い終りには、また手を握るようにした。
行きましょう、行きましょう
あなたについてどこまでも
家来になって行きましょう
桃子はからだが熱くなってくるのが判った。
都築の欲しいという黍団子は、わたしのことなのだろうか。黍団子をもらったら、あなたについてどこまでも、家来になってやる、という意味なのであろうか。

毎月一回逢うことは、昔の上司の娘に対する同情というより、もっと別のものに育っていたのか。

そういえば、桃子も、今日あたり都築から連絡がありそうだなという日は、洗濯したての下着を着てきている。

「父の相談」という名目で、おたがい気持をごまかしてきたが、これは逢いびきだったのかも知れない。

この三年の間に、育てれば育ちそうな恋を、桃子は自分の手で摘《つ》み取ってきた。ほかに恋人がいるような振りをして、ゆとりをみせて他人に恋をゆずったこともあった。わけ知りぶって、自分に関心を示した男に女の子を取り持ち、仲がこじれると仲裁役まで買って出た。それでもいじけずに、どうやらやってこられたのは、うちのため、母や弟妹のため、ということもあるが、月に一度、気心を許して話せる都築の存在のせいかも知れなかった。

都築は目をつぶり、また一番にもどって低い声で歌っている。はじめて鶯谷の父のアパートへ行ったときのように、胸に飛びついて、おでこをもむようにしたら、この人はどうするだろう。あのときのように背中をさするだけか、それとも、もっと別のところへわたしを誘うのだろうか。

三年も桃太郎をやったんだ。もういい加減くたびれている。

桃子になって、この人の胸にもたれかかりたい。

不意に建売住宅の間取りが見えてきた。

入ったとっつきが八畳のダイニング・キッチン。奥が六畳の夫婦の部屋。風呂場とトイレ。二階が四畳半二間の子供部屋。都築のうちである。ピアノの置き場所も、近頃出の悪いというプロパンガスのボンベの位置も、見たことがあるみたいに見える。

この人には妻子がいる。

内職のミシンを踏んでいる母の顔が目に浮かんだ。誰よりも頼りにしている長女が、選《よ》りに選って妻子のある男と――

それは家を出た父親を認めることになる。他人の夫を奪った父の女を許すことになる。母親は逆上して――父が出ていった直後、やったようにガス管をくわえる騒ぎになる。

桃子は、手を引き、からだを離した。

あと一年。研太郎が大学を出るまでは頑張らなくてはならない。

同じところを繰り返していた都築が、歌詞を思い出したらしく、つづきを歌いはじめた。

そりゃ進め、そりゃ進め
一度に攻めて攻め破り

つぶしてしまえ、鬼ガ島
おもしろい、おもしろい
のこらず鬼を攻めふせて
分捕物《ぶんどりもの》をえんやらや
万万歳、万万歳
お供の犬や猿雉子《きじ》は
勇んで車をえんやらや

そういう日はこないような気がするが、桃太郎だけ逃げて帰るわけにもゆかないのである。


八幡宮の境内は森閑としていた。

日曜の昼下りである。

由緒あるお社《やしろ》らしいが、手入れが行届かずかなり荒れている。無人の社務所の汚れたガラス窓に、氏子の寄進を求める紙が貼ってあった。買物がてら、内職の仕立物を納めにゆく母と一緒にうちを出て、通り道にある八幡宮へ桃子もついてきたのである。

母は賽銭《さいせん》箱に百円玉をほうり込むと、大きく柏手を打った。

もともと細かいたちだったが、父がうちを出て、収入が細くなってからは一層節約屋《しまりや》になっていた。賽銭は上げたところで十円玉と思っていたので、桃子はびっくりしてしまった。

母は長いこと祈っていた。

桃子も手を合わせながら、母は何を祈っているのだろうと思った。

父の帰りであろうか。それとも、父と一緒に暮す若い女の不幸であろうか。

桃子は、神にではなく、母に詫びたいことがひとつあった。

母にも都築にも内緒で、父と同居している女のおでん屋をのぞいたことがあったからである。母には場所を教えず、絶対に行くな、行ったらお母さんの負けよ、と言っておきながら、父と自分たちの運命を狂わせたひとの顔が見たくて我慢ができなかった。

駅裏の横丁にある小店だった。湯気で曇ったガラス戸を細目にあけると、

「いらっしゃい！」

威勢のいい声がした。

意外であった。

カウンターの内側に立っているから、間違いなくその人なのだろうが、ママというより掃除婦というほうがピッタリであった。

年よりも老けた白粉《おしろい》気のない顔は、おどけた女漫才師という感じだった。くすんだ色物のブラウスに地味なカーディガンを羽織り、スカーフで髪を引っつめに縛っている。

女ひとりなので、あっちも意外だったらしく、

「すみません。いっぱいなの」

七人も坐れば満席のカウンターには、労務者風の男が目白押しに並んでいる。

「いいんです。また……」

意味にならない挨拶で桃子がガラス戸をしめかけたとき、急に女が、あ、と言った。

急に真面目な顔になり、スカーフを取ってお辞儀をした。おでん鍋に頭がくっつく程の、ひどく切実なお辞儀だった。

桃子を知っている頭のさげ方であった。

ルノワールの絵の女でも、グラマーでも、悪女でもないひとだった。背負い投げをくわされたような奇妙な気持で帰ってきた。

そのことは母にうしろめたかったが、都築とのことと埋合わせをしたような気持だった。

あのとき溺れていたら、母を一番に悲しませていた。都築はさりげなく帰っていったが、あの晩のことが原因で自分から離れてゆくことがあったとしても、仕方がない。

うちのために、自分は曲ることはできないのだ。気持がめげそうになったら、今までもそうしたように鶯谷駅のベンチに坐って気持を鎮めればいい。

父に対する怒りや恨みは、三年の年月で大分風化はしているが、まだおまじないぐらいの

効き目はある。

母親が小さく二つ手を叩いた。

三年前にくらべると別人のように肥った母は、肥ったせいか肌理《きめ》が細かくなった。うつむいた衿元《えりもと》が、木洩れ陽に光って、妙に女らしい。

ひと頃は、顔にも物腰にもやつれと恨みが滲《にじ》んで、我が親ながら浅間《あさま》しいと思った時期もあったが、そういえば、この半年ほどはゆったりとしてきた。

「諦めて離婚届けに印を押して、もう一度別の人生を歩いてみるのもいいんじゃないの」

と機嫌のいいときに言ってみようかな、と桃子は母の衿足を眺めた。


母が何を頼んだか知らないが、百円の賽銭は全く効き目がなかった。

弟の研太郎がうちを出たのである。

前から、ミシンがうるさい、といって友達のところへ試験勉強に行っていた。友達というのは男だとばかり思っていたが、女だったのである。徹夜の勉強は、外泊だった。

「卒業するまで待てないのかい」

といった母親に、

「おれ一人分の食費が助かっていいじゃないか」

本と着替えだけ持って出ていったというのである。

桃子はからだが震えるほど腹が立った。大学の教室前に待ち伏せして、弟をつかまえ、引きずるようにして、校門前のレストランに連れ込んだ。

時分どきをはずれていたせいか、店はすいていた。

注文を聞きにきたウェイトレスに桃子は、

「ハンバーグ二つ。上に目玉焼をのせて下さい」

と頼んだ。研太郎と目がぶつかった。

「あんた、あの日のことを忘れたの」

と言ってやる代りに、現物を突きつけてやる。

着たいものも着ず、恋も諦めて、父親代りをつとめた三年を、あんたはどう思っているの。

そう叫びたかった。

目玉焼を添えたハンバーグがきた。

研太郎は、ナイフをとると、二年半前に姉がしたと同じように黄身を四角く切って、姉の皿に置いた。

「返せばいいってもんじゃないのよ」

研太郎は、黙ってハンバーグを細かく切りはじめた。

「したことを恩に着せるつもりはないわよ。あんたにかけた月謝の分、返してくれって言ってるんじゃないのよ。あたしはいいけど、お母さんが可哀相だって言いたいのよ」

「そうかな」

「そうかなって、あんた、そう思わないの」

フォークを置くと、研太郎は姉の顔を見た。

「ひとの心配する間に、自分のこと、考えたほうがいいんじゃないかな」

「どういう意味」

「みんな適当にやってるんだよ」

渋谷のハチ公前で待ち合わせをした研太郎は、同じくハチ公の前で人待ち顔の母をみつけてびっくりした。もっとびっくりしたのは、そこに父が現れたことだという。父は何も言わず、先に立って道玄坂をのぼってゆく。二、三歩おくれて母もついてゆく。

「悪いと思ったんだけど、ついていったんだ。そしたら……」

研太郎は、言いよどんで下を向いた。

二人は連れ込みホテルへ入っていった。

「いつ頃なの、それ」

「半年ぐらい前かな」

風船に針で穴をあけたように、体中の空気が抜けてゆくのが判った。

桃子はその足で美容院へ飛び込んで髪を切った。セットの代金を惜しみ、三年前から、パーマもかけずにいた髪は肩のあたりまで伸びていた。

何かしないと、気持の納まりがつかなかった。このままの気持を母にぶつけたら、どんなことばが飛び出すか見当がつかなかったからである。

仰向けに寝て髪を洗ってもらっていると、改めて腹が立ってきた。

半年前といえば覚えがある。

母が身の廻りをかまうようになり、内職仲間で離婚したひとたちの身上相談を持ちかけられている、といっては外出するようになった時期である。

外で父と逢っていたのだ。父がうちにいた頃よりも、もっと女らしくなった。

これでは母のほうが愛人ではないか。わたしはこの三年、なにをしてきたのだろう。

人生はワン・ツー・パンチ
女だてらに父親気取りで、部隊長みたいな顔をして、号令かけて――

おかしくて涙が出てきた。

女としての本当の気持を封じ込め、身も心も固く鎧《よろ》ってすごした三年だった。

胡桃《くるみ》割る胡桃のなかに使はぬ部屋

いつどこで目にしたのか忘れたが、桃子はこんな俳句を読んだ覚えがある。たしか詠み人知らずとなっていたが、気持の隅に引っかかっていたのであろう。

甘えも嫉妬も人一倍強いのに、そんなもの生れつき持ち合わせていませんという顔をしていた。だが、薄い膜一枚向うに、自分でも気のつかない、本当の気持が住んでいた。今から気がついてももう遅いのだろうか。実りはもうないのだろうか。渋皮に包まれた、白く脂っぽい胡桃の実は、母の衿足である。

父が家を出ることをしなかったら、母は痩《や》せたギスギスした女として一生を終ったに違いない。ふっくらと肥って、いそいそと父に逢いに出かけていた母は、いま使わぬ部屋に新しく足を踏み込んでいる。

濡れた髪に、美容師が鋏《はさみ》を当てている。思い切って耳の下で切りおとしてもらった。頭の地肌にピタリとくっついたお河童《かっぱ》は、子供の頃、絵本で見た桃太郎とそっくりであった。

(註・「胡桃割る胡桃のなかに使はぬ部屋」の作者は鷹羽狩行氏です)

所収・初出一覧

所収……………………

桃太郎の責任／買物
『**新装版 女の人差し指**』文春文庫（２０１１年）
女地図／ミンク／声変り／浮気
『**新装版 霊長類ヒト科動物図鑑**』文春文庫（２０１４年）
カバー・ガール／次の場面／おばさん／お取替え／拝借／黒髪／唯我独尊
『**新装版 無名仮名人名簿**』文春文庫（２０１５年）
日本の女／黄色い服／伯爵のお気に入り／美醜／若々しい女《ひと》について／独りを慎しむ／わたしと職業
『**男どき女どき**』新潮文庫（１９８５年）
寺内貫太郎の母／革の服／桃色／口紅／夜中の薔薇／襞／おの字／手袋をさがす
『**新装版 夜中の薔薇**』講談社文庫（２０１６年）
勝負服／青い水たまり／人形の着物／パックの心理学／潰れた鶴
『**新装版 眠る盃**』講談社文庫（２０１６年）
身体髪膚
『**新装版 父の詫び状**』文春文庫（２００５年）
胡桃の部屋
『**新装版 隣りの女**』文春文庫（２０１０年）

初出……………桃太郎の責任　「週刊文春」１９８１年８月13日号
女地図　「週刊文春」１９８１年４月９日号
買物　「週刊文春」１９８１年７月９日号
カバー・ガール　「週刊文春」１９７９年６月28日号
次の場面　「週刊文春」１９８０年１月17日号
日本の女　「日本文化」１９８０年９月号
寺内貫太郎の母　「暮しの設計」１９７４年10月号
勝負服　「ぷりんと」１９７７年10月号
革の服　「ミセス」１９７９年10月号
ミンク　「週刊文春」１９８１年１月１・８日合併号
黄色い服　「ひろば」１９８０年４月号
青い水たまり（水着のはなしより改題）　「銀座百点」１９６５年５月号
桃色　「朝日新聞」１９８０年10月31日夕刊
人形の着物　「日本のきもの」１９７８年11月号
伯爵のお気に入り　「花椿」１９７３年５月号

口紅　「朝日新聞」1980年11月6日夕刊
パックの心理学　「クロワッサン」1978年9月10日号
おばさん　「週刊文春」1979年6月7日号
お取替え　「週刊文春」1980年4月24日号
拝借　「週刊文春」1980年2月21日号
黒髪　「週刊文春」1979年8月16日号
美醜　「青い鳥」1977年2月号
声変り　「週刊文春」1980年6月5日号
夜中の薔薇　「別冊文藝春秋」1980年夏季号
潰れた鶴　「小説現代」1978年4月号
唯我独尊　「週刊文春」1979年9月20日号
襞　「太陽」1980年2月号
おの字　「朝日新聞」1980年10月27日夕刊
浮気　「週刊文春」1981年5月21日号
身体髪膚　「銀座百点」1977年5月号

手袋をさがす　「ＰＨＰ増刊号」１９７６年７月号
若々しい女について　「マダム臨時増刊」１９７８年10月号
独りを慎しむ　「はんえいくらぶ」１９８０年秋号
わたしと職業　「ベターライフ」１９７６年10月号
胡桃の部屋　「オール讀物」１９８１年３月号

＊本書は、底本として『向田邦子全集 新版』文藝春秋（２００９〜２０１０年）を使用しました。

編集部より
本書には、今日からみれば不適切と思われる表現がありますが、当時の時代背景を鑑み、そのままといたしました。

協力　向田和子
編集協力　杉田淳子

向田邦子（むこうだ くにこ）
1929年東京生まれ。実践女子専門学校国語科卒業。映画雑誌編集記者を経て放送作家となりラジオ・テレビで活躍。代表作に「七人の孫」「だいこんの花」「寺内貫太郎一家」「阿修羅のごとく」「隣りの女」など。1980年初めての短篇小説「花の名前」「かわうそ」「犬小屋」で第83回直木賞を受賞し作家生活に入る。1981年8月飛行機事故で急逝。著書に『父の詫び状』『眠る盃』『思い出トランプ』『無名仮名人名簿』『霊長類ヒト科動物図鑑』『あ・うん』など。

女を描くエッセイ傑作選
伯爵のお気に入り
2019年8月30日　初版発行
2022年4月30日　3刷発行

著者　向田邦子
装画　吉田篤弘
発行者　小野寺優
発行所　株式会社河出書房新社
〒151-0051　東京都渋谷区千駄ヶ谷2-32-2
03-3404-1201（営業）
03-3404-8611（編集）
https://www.kawade.co.jp/
組版　株式会社キャップス
印刷　株式会社暁印刷
製本　加藤製本株式会社

ISBN978-4-309-02819-4
Printed in Japan

河出書房新社・向田邦子の本

海苔と卵と朝めし　食いしん坊エッセイ傑作選

思い出の食卓、ウチの手料理、お気に入り、性分、日々の味、旅の愉しみの六章からなる二十九篇のエッセイと「寺内貫太郎一家」より小説一篇を収録。食を極める向田邦子の真骨頂。

文藝別冊　向田邦子　脚本家と作家の間で　増補新版

没後四十年、今なお輝く向田邦子の作家、脚本家としての魅力に迫る一冊。オマージュ・太田光、角田光代、小池真理子、エッセイ・久世光彦、黒柳徹子他。増補特集「パリから届いた原稿」と手紙。

河出文庫　**お茶をどうぞ　向田邦子対談集**

対談の名手・向田邦子が、黒柳徹子、森繁久彌、池田理代子、橋田壽賀子、山田太一など豪華ゲスト16人と語り合った傑作対談。テレビと小説、おしゃれと食いしん坊、男の品定め。

＊単行本　お茶をどうぞ　対談　向田邦子と16人